ゲーマーズ!7

ゲーマーズと口づけデッドエンド

葵せきな

ファンタジア文庫

2550

口絵・本文イラスト　仙人掌

ゲーマーズ!

GAMERS

ゲーマーズと口づけデッドエンド

Gamers and kiss of dead end

START

7

【雨野景太と星ノ守千秋と青春コンティニュー】

「自分は――自分は、貴方のことが……ケータのことが――」

とある秋の日の夜。
満天の星空の下で。
天敵の星ノ守千秋が。
カノジョ持ちの僕、雨野景太に対して。

「――大好きです」

頬を赤らめつつ、愛の告白をしてきた。

……………うん。…………うん？

「(へ？　な、なんだこの、『いつ、どこで、誰が、誰に、何をした』にランダムな単語を配して笑う子供のお遊戯みたいな状況は。い、意味が分からなすぎる）」
気を抜けば今にも頭がフリーズしそうだ。しかし僕はそれをなんとか気力で稼働させ、必死にこの不可解な状況の理解に努める。
「（落ち着け僕……。……う、うん、大丈夫、ゆっくり回想したら、ここまでの流れ自体は、一応、ちゃんと把握できたぞ）」
落ち着け。とにかく一つ一つ、確認だ。……よし、いくぞ。
いつ　↓　僕とチアキを含む仲良しメンバーで終日遊んだ、とある秋の日の夜に。
どこで　↓　お互いちょっとした理由で帰宅を遅らせた結果、たまたま二人きりで過ごすことになったこのデートスポット、星見広場で。
誰が　↓　天敵であり、同時に尊敬すべきクリエイターでもあることが判明した……まあ喧嘩友達とも呼べるような間柄の女子、星ノ守千秋が。
誰に　↓　運命の悪戯で学園のアイドルである天道さんと真剣にお付き合いさせて頂いているモブキャラ男子たるこの僕、雨野景太に対して。
何をした　↓　愛の告白をぶちかましてきた。

「(『何をした』の急展開ぶりが、ぱない！)」

なんだこれ。もしこの世界に僕らの物語を紡ぐ作者的存在がいるのだとしたら、プロットが雑にも程がある。担当編集さんに確実に容赦なく赤斜線を入れられる一行だ。

なんだこれ。

僕は思わず軽く呻いて額に手をやる。

……い、いや、一応、多少の前振りはあった。チアキがなんらかの「告白」を僕にしようとしている、という状況では、あったんだ。

だけどその「告白」っていうのを、僕はてっきり、彼女の「正体」に纏わるものだと思いこんでいたものだから……。

「(だって、直前に、『実は自分こそが、ケータが親しくネットで交流していた相手ですよー』という正体告白のくだりがあったし……)」

そりゃ、更にもう一つ告白があると言われれば、僕としてはチアキの正体に関する追加情報だと思い込むわけで。

だから、たとえばチアキが突然「自分は宇宙人だぴるぴるー」やら「自分とコノハは毎夜『闇獣』と呼ばれる獣を狩る能力者の一族なのです」と告白してきても、僕は「マジで?」と驚きこそすれ、こんな放心状態にはならなかったはずだ。キャッチこそできなくても、そういう種類の言葉が飛んでくる「心構え」はできていたわけだから。

それが、ここに来て……まさかの「僕のことが好き」ときた。

いくらなんでもこれは、想定外にも程がある。

外野でフライを取ろうと空を見上げていたら、突如観客席から脇腹にヨガファイアーをぶちこまれたみたいなもんだ。クリティカルヒットどころの騒ぎじゃない。

とにかくまるで状況が呑み込めない。が、かといって……。

「…………」

「…………」

……真剣な眼差しで僕をジッと見つめ続けるチアキと、視線を交わらせる。

…………。

「(これは……逃げたりとぼけたりしていい状況では、ないよなぁ……)」

僕にとっては完全に青天の霹靂だったけれど、恐らくチアキにとっては何かこう、色々葛藤を乗り越えて辿り着いた一幕なのだろう。それぐらいは鈍くさい僕にだって分かる。

そして、それが分かるからこそ……そんな真摯な想いと行動に対して、軽々しい回答だけは、絶対口にしたくないわけで。

………。

「(……うん……。……そう、だよな……)」

ゆっくりと俯き、しばしの間、自らのスニーカーのつま先を、ジッと見つめる。

……そうして僕は、ようやく、一つの覚悟を、決めた。

「(……分からないから、なんだってんだ)」

喩え今、この告白の「全て」が理解できていなくたって。

彼女の想いに、面食らってしまっていたって。

それでも僕が……この僕こそが、誰より「雨野景太の本音」を知る人間なのは、間違いないのだから、

だったらせめて、今は、そんな僕が返せる、精一杯で、返さないと。

彼女に、報いないと。

…………。

「……………ふぅ」

僕は、一つ息を吐くと、改めて正面からチアキを見つめた。

「…………」

満天の星空の下。

頬を真っ赤に染めながらも……しかし、僕から目を逸らすことなく、その瞳に強い意志を滾らせ、きちんと見つめ返してくるチアキ。そのあまりの「強さ」に僕は心から尊敬の念を覚えると同時に。

彼女の告白への回答を、口にしたのだった。

だからこそ、僕もまた、最大限の誠意と素直さをもって。

「ありがとう、そして、ごめんなさい」

言うと同時に、深々と頭を下げる。

…………色々と言いたいこと、聞きたいこと、確かめたいことは、ある。

だけど結局のところ、僕の今の気持ちの全ては、この感謝と謝罪に、集約されるから。

僕は、チアキの許可が出るまで、ただただ黙って頭を下げ続ける。

彼女は怒るだろうか。悲しむだろうか。僕の対応を不誠実だと罵るだろうか。

……しかし、たとえ、そのどれだったとしても、

「(僕は、彼女の想いを正面から真摯に受け止めよう。……それぐらいしか、こんな僕にできることは、ないのだから)」

『…………』

二人の間を、しばし静寂が満たす。そして、永遠にも思える十数秒が経過した後……。

「……顔、上げて下さいケータ」

思いの外優しい声音でチアキに呼ばれ、僕はゆっくりと頭を上げた。

そうして……唾を飲み込み、覚悟を決めつつ恐る恐る目にした、チアキの表情は。


意外にも、まるで曇りのない爽やかな笑顔だった。


と、彼女はまるでいつもと変わらない様子で……わたわたと少々テンパり気味な態度で続けてくる。

「あ、というかというかっ、ごめんなさいを言うのは自分ですよケータ。貴方がカノジョさん持ちと知りながら、自分がスッキリするためだけに愛の告白をするなんて、とてつもない身勝手をしたのですからっ、自分は！　はい！」

「…………」

そんな、相変わらずいつもの調子で喋ってくれるチアキに。

僕はなぜか一瞬涙ぐみそうになってしまうも……それをぐっと堪えると、すぐに微笑を浮かべ、腰に手を当て、努めて普段の軽い「喧嘩友達」のスタンスで応じる。

「うん、考えてみたら、それもそうだよね」

「え、そこ、あっさり納得します？」

「うん。っていうかこれ、実際今まで僕がチアキから受けた攻撃の中でも、最もタチの悪い一撃と言っていいんじゃないかな」

僕がむすっと睨み付けると、チアキが涙目で抗議してきた。

「お、女の真剣な愛の告白を『タチが悪い』呼ばわりってなんですか！　いくらなんでも性格悪すぎませんかっ、ケータ！」

「だってタチ悪いだろう、実際。そういう、自分も傷つく覚悟の攻撃みたいなの」

僕はそこで大きく息を吐き、苦笑い混じりに続ける。

「だって僕、チアキのことは……なんだかんだいって、結構大事に思ってるんだからさ」

「ケータ……」

ほう、と少し照れた様子を見せるチアキ。僕もまた思わずその、ぽわぽわした恋愛ムードに呑まれかける……が！　その刹那、僕はすぐに表情を険しくし、彼女から距離を取って拒絶するように掌を突きつけた！

「あ、だ、大事と言ってもそれは、完全に『友達として』の話だからね！」

「完膚なきフリ方ですね！　そ、そこまで徹底されなきゃいけないでしょうか！」

「そりゃそうだよ！　だってこれは、交際相手たる天道さんへの忠義を僕なりに誠心誠意示すための行動だからね！　彼女に勘違いとか絶対させたくないし！」

「そ、その志はご立派ですが……もう少しこちら側に配慮があっても……」

「というわけで、あ、あまり近づかないでいただこうかっ、僕に気のある方！」

「なんてムカツク拒絶ですか！　いや気があるのは事実ですけどっ！　ですけどっ！」

チアキのその反論に、僕は思わず、頰を染めて頭をぽりぽり搔いてしまう。

「え、あ、うん、それは、あの、僕なんかに、その、ありがとうございます……」

「へ、や、あの、え、あ、はい……です……」

僕のリアクションを見て、チアキもまた照れてしまう。

そうしてお互い、しばし無言で俯いて、ただただ照れ合う。…………。

……………はっ！　なにをまた、ぽわぽわしたムードになってるんだ僕というヤツは！

「お、おのれ小悪魔め！　今またっ、僕の天道さん信仰を揺るがそうとしたなっ！」

慌てて距離を取る僕。涙目のチアキ。

「いやいやっ、愛の告白してから数秒で相手に悪魔扱いされるって、どういう地獄なんですかこれ！　じ、自分のことを少なくとも友達としては大事に思ってくれているんじゃないんですかっ、ケータ！」

「そ、そりゃ僕だって無闇にチアキを傷つけたくはないけれど……でも僕ってほら、基本、天道さんの敵対存在は完全に滅ぼしてくスタンスだから……」

「狂信者にも程があります！　す、少しぐらいなら、友達たる自分に優しくしてくれてもバチは当たりませんよ！」

「ほ、ほらまた！　そうやって僕を惑わそうと……！」

と、そんな応酬を大声でやりあっていたら、周囲のカップルから「こほん！」と大きめの咳払いをされる。

『……あ』

ここが、本来閑静でムーディーなデートスポットだったことを、僕らときたらすっかり忘れてしまっていたようだ。

僕とチアキは慌てて「すいませんっ！」とぺこぺこ頭を下げると、二人、いそいそと逃げるようにその場から立ち去る。

星見広場のある高台から麓のレストハウスへと続く階段を駆け足で下りていく。

少し下ると、そこはもう、人の息づかいが感じられない静かな夜の山だった。

木々が生い茂る真っ暗闇の森の中を、麓へと延びる細い階段だけがぼうっと薄く輝いている。僕ら以外に上る人間も下る人間もおらず、耳に届くのは、コオロギの鳴き声と、カサカサと枯れ葉の擦れる音だけだった。

『…………』

これまでのドタバタ劇が嘘のような静寂。

僕ら二人はそれに気づくと、思わず同時に足を止め。そして……。

『……ふふっ』

二人一気に気が抜けたのか、思わず笑ってしまっていた。

瞬間、告白からこれまでの間、いつも通りを装いながらも未だ二人の間に横たわっていた妙な緊張が、ようやく解れたのを感じた。

僕ら二人、並んで階段を下り続ける。そして、しばらく黙々と進んだところで……。

「……あー……その、さ。チアキ。い、一応参考までに訊ねておきたいんだけど……」

「？　どうしました？　ケータ」

僕は軽く頰を掻くと……そろそろ空気的に訊ねても大丈夫なのかなと考え、思いきって、切り出してみることにした。

「チアキって、なんで僕のこと好きなの？」

「ぐふっ！」

駄目だったみたいだ。チアキがボディーブローでも食らったかのように吹き出す。

僕は慌ててフォローにかかった。

「い、いやごめん！　わ、分かるよ⁉　もうなんか『死ねよこの男』みたいな質問してんの、自分でも分かってんだよ⁉　でもさ、その、本気で、僕がチアキに好かれる理由というか、流れが分からなすぎて、正直、まだ混乱しているというか……」

僕がどうにか自分の気持ちを伝えると、チアキは口元を袖で拭いながら「ま、まぁ」と続けてきた。

「確かに、自分と喧嘩ばかりだったケータ的には意味不明かもしれませんね。その……自分は、ケータの正体を知って、少し前から一方的に意識してしまっていたので……」

「正体って……ああ、ネット交流のことか……」

言われてみれば確かに僕、現実のチアキとこそ犬猿の仲だったけど、《のべ》さんや《MONO》さんとはかなり友好的なお付き合いしていたものな。異性としてまで好かれたのは驚きだけれど、僕だってネット上で親交のあった二人（実際は一人）のことを大事には思っていたんだ。納得まではいかなくとも、理解はできてきた。

僕が「なるほど」と頷いていると、チアキは照れくさそうに俯き、階段の段差を数えるような素振りで何かを誤魔化しつつも、先を続けてきた。

「そ、そのその、かといって、ネット交流が全てでもなくて、えっと、現実のケータとゲームの話をしたりして過ごす時間も、自分には、とても大事で……楽しくて……」

「そ……そっか……それはその……光栄といいますか……」

「い、いえ……」

　思わず頬をぽりっと掻いて沈黙してしまう僕。……だ、駄目だ、こういう時、どうしていいのか分からない。ずっとしょっぱいスペックで生きてきたぼっち男だけに、誰かに褒められたり好かれたりした時に取るべきスマートなリアクションの選択肢が全然ない。まるで他プレイヤーとの交流機能に難のあるオンラインゲームやっている気分だ。

「あ、あとあと、それにですねっ、それにですねっ。自分がケータのどこが好きかというとですねっ！　そのその、ゲーム制作のアドバイスとかも実に……！」

　と、なにやらチアキの中で変なスイッチが入ったのか、あせあせと言葉を続けて来ようとする。まずい……このまま放っておくと彼女、まだまだ「僕を好きな理由」を語り続けそうだ。新手のいやがらせすぎる。

　僕は大きく咳払いすると、強引にこのお題を切りあげることにした。

「わ、分かったから！　うん、チアキがなんていうか、僕を好き――じゃなく、えっと、その、き、気に入ってくれていた理由は、なんとなく、分かりました。はい」

「そ、そうですか？　なら良かったです」

ホッと胸をなで下ろすチアキ。そんな彼女を見て、僕は思わず呟いてしまう。

「まあ僕だって、《のべ》さんや《ＭＯＮＯ》さんとの交流が心の支えだったのは勿論、現実のチアキ自身との会話だって本当は楽しく思って……」

「え……？」

「あ……」

なんかチアキ氏が頬を赤らめ、期待するような瞳でこちらを見つめなさっていた。

僕は慌ててぶるんぶるんと首を振り、彼女から一歩距離をとる！

「なーんて僕が心を開くと思ったら大間違いだぞこの悪女め！」

「塩対応の徹底ぶりが過剰じゃないですかケータ！　そ、それは、天道さんの彼氏としては正解でも、人としてアレな領分まで足を踏み入れつつある気がします！」

「で、でも、ほら、チアキって、隙あらば僕を押し倒そうとしているわけじゃん？」

自分の体をかき抱いて震える僕。途端、顔を真っ赤にして怒るチアキ！

「し、してないですよ！　心春と一緒にしないで下さい！」

「いやそのツッコミもどうだろうチアキ。お前自分の妹をそんな風に……」

「う、うるさいですね！　とにかく、今のケータは自意識が過剰です！」

「で、でもチアキさん、僕のこと、お好きなんでしょう？」

「うざい！　告白相手の対応がここまでうざいケース、自分、ラブコメ作品で見たことないです！　どれだけ男として評価を急降下させるんですか貴方は！」

「そ、そうは言うけどさ……」

そりゃ僕だって対応が過剰なのは認めるけども……でも、交際相手がいる状況下で、自分に好意があると言っている女子に対して器用に立ち回れるほど「モテ男」の経験値なんてないわけで。

僕はすっかり困ってしまい、思わず立ち止まって頭を掻く。と、チアキはそんな僕を数段下からジッと見つめた後……悲しそうに目を伏せてしまった。

「……やはり自分の告白は、ケータにとって迷惑、でしたよね……」

「そ、そんなことは――」

思わず反射的にフォローしてしまうも、すぐに天道さんの顔が脳裏にちらつき、言葉が止まってしまう僕。……チアキは更に深く俯くと、自嘲気味に呟きだした。

「……すいません、ケータ。実際、告白して、フラれながらも、なお……ケータ側に『いつも通り』を求める自分の方が、わがままなんですよ」

「…………」

「で、ですから、しばらく、自分はできるだけ同好会から距離をとらせて貰って――」

「そ、それだけは駄目だよ！　絶対駄目だ！」

「け、ケータ？」

突然の僕の大声に、チアキが目を瞠る。僕は……僕は拳をぐっと握りしめつつ、ゆっくりと階段を下りていく。

そうして、チアキの前で振り返ると、僕は一度深呼吸をして、告げた。

「……正直に言って。チアキに好意を持って貰えたことは、本当に、光栄だと思ってる」

「……ケータ……」

「告白された時にも僕、最初に『ありがとう』って感謝の言葉使ったよね？　それは本音なんだよ。ずっとぼっちだった僕が、誰かに好きと言われて、不快だとか迷惑だとか……そんな風に思うわけ、ないじゃないか。むしろこんなに嬉しい言葉はないよ」

「でもでも……」

僕はチアキの反論を遮って続ける。

「だから、本当に律すべきなのは……チアキじゃなくて、チアキの好意に、つい、甘えたり浮かれたり喜んだりしすぎちゃいかねない、僕の弱い心の方、なんだよ」

「…………で、でもそれは、やっぱり自分が横恋慕の告白をしたからであって……」

「いいや」

彼女と言葉を重ねているうちに、僕の中でも、ようやく答えがまとまってきた。

僕はチアキに……笑顔を向けると、改めて、ハッキリと、宣言する。

「ありがとう、チアキ。その好意は本当に嬉しかったし、そして、その告白に踏み切った勇気には、心から敬服するよ。だからこそ……ここから先は、僕が頑張らなきゃ。これ以上、チアキが何かを我慢したり、失ったりする必要は、絶対ない！」

僕の言葉を受け、チアキの瞳が徐々に潤んでいく。が、しかし、彼女はそれを決壊させることなく、笑って、僕に応じてきた。

「ありがとう、ケータ」

「……どういたしまして、チアキ」

僕らは束の間微笑み合い……そうして再び、二人並んで階段を下り始めた。

チアキが隣でぐしぐしと目元を拭うのを、僕は見ない振りしつつ、あえて軽口を叩く。

「それにしても、まさか僕の人生に、こんな、ギャルゲー的展開が訪れるとはねぇ」

「な、なんですかそれ。自分をギャルゲーヒロインなんかに見立てられるのは、凄く心外なのですが！」

萌えが嫌いなチアキがぷんすか怒って反論してくる。……うん、いつものチアキだ。

僕もそれに、いつものように、不機嫌そうな顔つきで切り返す。

「それはちょっとギャルゲーヒロインに失礼な物言いじゃないか、チアキさんや」

「なぜ自分が窘められる側に⁉　先に失礼な発言をしたのはそっちですよね⁉」

「え、ギャルゲーヒロイン呼ばわりされるのって、普通に考えて光栄なことでしょ？」

「どこの世界の『普通』で考えてるんですかケータ！　じゃあケータは『乙女ゲーのヒーローみたいですね』と呼ばれ嬉しいと――」

「普通に光栄だけどそれ。超イケメン扱いじゃん」

「あれホントだ⁉　あれあれ⁉　な、なんか『ギャルゲーのヒロイン』とニュアンスが少し違う気がするのですが！」

「まあ確かに、チアキはアレだよね。ギャルゲーのヒロインはヒロインでも、ファンディスクでルートが追加される類のキャラだよね」

「遂にはサブヒロイン呼ばわりですか！　失礼にも程がありますよケータ！」

「でもチアキ、このご時世メインヒロインよりサブヒロインの方が人気出ることなんてザラで、一部のメーカーなんかは、それを見越してあえて、いいキャラしたサブヒロインをファンディスク用に最初から取りおきしておくような戦略さえ――」

「いやなんのフォローですかそれ！……あ、も、もしかしてですが、ケータはその、暗に、自分のことを天道さんより魅力的だと、そう伝え――」

「いや、ただただ、ギャルゲーにおいてはサブヒロインも重要だよねという話だけど。チアキがどうとかマジで一切関係ない。というか天道さんより魅力的な女性なんて二次元含めてこの世に存在しないから。なにおこがましい発想してんのチアキ。引くわー」

「塩対応！　ですからっ、天道さんへの愛情が深すぎて、自分への塩対応がキツすぎやしませんかっ、ケータ！」

「でも僕、ほら、天道さんのことが、本当に心から大好きだし……」

「何回言うのですかそれ！　フラれた直後の女にどれだけ鞭打てば気が済むのですか！」

「でもチアキは実際、いい『サブヒロイン』していると思うけどなぁ」

「ですからそれ全然フォローになってませんから！　『サブヒロイン』呼ばわりとか、いよいよ自分側にただ失礼なだけですからっ！」

「いやチアキ、その物言いはやっぱり『サブヒロイン』の方々に失礼だと……」

「うざい！　このギャルゲー思考男子、ホントうざい！」

いつも通りの『萌え』を挟んだ舌戦を展開する僕ら。

気付けば僕もチアキも、互いを見る表情がすっかりほぐれていた。

と、そんな僕側の狙いに気がついたのか、チアキが少し照れくさそうに視線を逸らす。

そうして僕もまた、チアキから視線を逸らすと……いい機会なので、この勢いで少し照れくさい本音(ほんね)を告げることにした。

「……その、さ。正直なとこ……僕、チアキとのこういう会話は、結構、その……なんていうか……嫌いじゃないっていうか……」

「……っ！」

「だ、だからその、これからも、チアキとは気軽に話ができたらいいなって……思うよ」

「……は、はい……」

耳を赤くして、こくりと小さく頷くチアキ。僕は続けた。

「それも含めてさ。さっきも言ったけど、ゲーム同好会に関しては以前と変わらず続けて欲しいかな。……その、勿論、チアキ側が良ければ、だけどさ」

「も、もも、勿論ですそれはっ、はい！　自分だって、自分だって……！」

突如(とつじょ)勢い込んで同意してくれるチアキ。僕はそれに一安心しつつも、同時にまた別種の不安が湧(わ)いてきて、ぽりぽりと頭を掻(か)く。

「で、でもどうなんだろうね、これはこれで」

「？　なんですか？」

「や、たとえばチアキは……本当にイヤじゃないの？　自分をその……フッた男と、今後も楽しく遊んだり話したりするのってさ。なんていうか、僕側に都合良く扱われている感があるんじゃないかと……」

「あ、それはないですね」

意外にもチアキはサッパリした態度で即答してきた。僕が目をぱちくりさせていると、彼女は更に続けてくる。

「というか、都合の良い展開、なんて話をするなら、自分側だってそうです。一度当たって砕けておいて、なのに友人関係を変わらず継続できるだなんて、むしろこっちが『もうけもん』って思える話じゃないですか。百円入れずにコンティニューできた、みたいな」

「な、なんか喩えが軽すぎない？」

「そうですか？　でも、そんなものじゃないですかね。あ、それにそれに、自分が今後もいつまでもケータの事を異性として好きだなんて思ったら、大間違いなわけで」

「あ、ああ……そ、そりゃそうか」

「そ、そうですよ」

…………。…………なんか不思議な沈黙が降りて来てしまった。

僕はこほんと咳払いして、続ける。

「じゃあ、チアキは、今後も僕と変わらず友達でいてくれるということで、大丈夫？」

「あ、当たり前じゃないですか！　こちらこそ、よろしくお願い致します！」

笑顔で手を差し出してくるチアキ。僕は……こればっかりは、過剰に拒絶することなく、きちんと、友人として、彼女の手を握り返し、応じた。

そうして再び歩き出したところで、少し下方に周囲より一際明るく広い空間が見えてきた。星見広場と麓のレストハウスを繋ぐ長い階段の、中間地点たる踊り場だ。休憩場所としてベンチも備え付けられており、遠くてハッキリしないながら、今も誰かが座っているように見えた。

そんな景色を眺めながら、僕はぼんやりと、「バス、ちょっと間に合わないかもなー」などと考え、黙り込んでしまう。と、それを何か勘違いしたのか、隣でチアキが少し気まずそうに呻いた。

「あー……その……でも、すいません、ケータ」

「へ？　何が？」

「や、その……今まで通りとは言いましたが、やっぱり、時折は今みたいに、多少のギクシャクした間とか、空気は、発生しちゃうと思うのですよ」

「…………あー」

今のは別にそういう意図でもなかったのだけれど……チアキの言うことは理解できた。

彼女は続けてくる。

「でもでも、これぐらいは、許容して貰えると幸いというか……」

そんなチアキの言葉に、僕は「それは勿論」と頷く。

「というかそこまで抑えようとする方が、かえって変な感じになるって」

「ですねですね。そんなわけで、まあ、色んな意味で『自然に』今後もよろしくお願いします、ということで」

「了解、僕のことが好きな人」

「さようならケータ」

「ごめんなさいチアキ、いくら宿敵でもこのいじり方は流石に今後封じます！」

「ホントですよ、自分に好意ある女子を傍にキープしとく人」

「さようならチアキ」

「ごめんなさいケータ、いくら宿敵でもこのいじり方は流石に今後封じます！」

そんなやりとりを交わしつつ、不器用に、今後の友達関係を探っていく僕ら。

と、そこで僕は、もう一つ、ある検討すべき問題が残っていたことに気がついた。

「そうだ、チアキが僕に告白してきたことって、皆に言っていいの？」

「おっとまさかの『いじめ』案件が発生です！　な、なんのつもりですか！　アレですか！　黒板に『星ノ守千秋は雨野景太が好き♡』とか書くつもりですか！」

涙目で抗議してくるチアキ、僕は慌てて弁解する。

「い、いやそんな『いじめ』的なアレじゃなくてさ。え、じゃあチアキは、僕に告白した件……というか好意があったという件は、『ここだけの話』にしておきたいわけ？」

「そりゃそうですよ！　恥ずかしいじゃないですかっ！」

「だ、だよね、僕なんかを好きになるなんて、普通に考えて、恥だよね」

「久々に出ましたねケータの超自虐。いやそういう恥ずかしいじゃないですから」

チアキのツッコミが入る。僕は咳払いしてから改めて続ける。

「でもそうなると、僕としては少し困ったことになるんだよね」

「困ったこと、ですか？」

「うん。だってつまり、天道さんにも、チアキから告白された件は秘密なわけでしょう？……なんか正直、それはカレシとしてちょっと心苦しいというか……」

「……あー……」

チアキが何か察した様子で呻く。僕は続けた。

「別に浮気しているわけじゃないはずなんだけど、『自分に告白してくれた女子と、しれっと友達関係続ける』って、な、なんかこう……若干、アレじゃない？」

僕の言葉に、チアキも動揺し始める。

「た、確かに、ちょっと、それはアレですね。自分的にも、天道さんに対して、浮気しているわけじゃないのに、かなりいけないことをしている気分かもです」

「だろう？」

「ですねですね。……そしてケータ。突然ですが、今自分、ちょっと感動してますよ」

「何が？」

僕が訊ねると、チアキは……なぜかわなわなと高揚に震えながら叫ぶ。

「少し前までぼっちだった自分たちが、今や……こうして二人、実にテラスハ○ス的なリア充っぽい問題で頭を悩ませていることに、です！」

「………………おお！　確かに！」

言われて初めて気付いた。た、確かに、これは凄い！　凄い進歩だ！　なんて洒落臭い悩みを抱えているんだ僕ら！　リア充にも程があるだろうこれ！

僕らは思わず立ち止まると、空を見上げ、しばしの間、しみじみとする。

…………。

さて、馬鹿はこのぐらいにして、と。

再び階段を下り出すと、やっと先程から見えていた踊り場へとさしかかった。銅製の天球儀のモニュメントと共に、軽く休憩用ベンチも設置されている。人は全く見当たらなかったが、不思議と仄かに空気が暖かい気がした。

とはいえ僕もチアキも下りで休憩をするつもりはない。モニュメントを横目に踊り場を通り抜けながら、僕らは会話を再開させた。

「まあ実際、僕としては、天道さんにはちゃんと話しておきたいかな」

その言葉に、チアキも少しだけ悩みつつ、しかし最後には力強く頷いてくれた。

「そうですね。もしそれで天道さんに自分が嫌われたり、自分とケータの今の関係を咎められても、それは仕方ないとしか言いようがないです。全面的に自分が悪いので」

「……自分達が、ね」

僕がそう付け足すと、チアキは少し照れくさそうにはにかんで、頷いた。

「了解です。天道さんには、早めにちゃんと言いましょう、自分達の関係。そうしてこそ、自分もケータと、また、心置きなく付き合っていけると思うんで」

「うん。そういうとこのケジメはしっかりつけないとね、やっぱり」

「ですねですね。変に隠すのは、天道さんに悪いですし」

「そうだね。僕だって、交際相手とは堂々と正直に笑い合える間柄でいたいもの」

「はい。自分だって、大事な人にはそうあって欲しいって思いますよ。心から」

そう、優しく微笑んでくれるチアキ。僕はその言葉で胸が一杯になりつつも……しかしこの気持ちを言葉にするのが酷く難しかったため、今はただ、彼女の瞳を見つめ返して大きく頷いた。

踊り場を抜け、続く階段を更に下りていく。

そこからレストハウスに到着するまでの間、僕らはただただゲーム雑談に終始した。その様子たるや完全に元の僕ら……とまでは流石に言えなかったけれど、それでも、ゲーム話はやっぱりいつも通りに楽しくて。

そうしてレストハウスの中へと戻った頃には、二人の間には仄かな「緊張」こそまだあれど、「しこり」は一切なくなっていた。

「（結末は苦くても、それでも互いに、言いたいことは全部言ったからなのかな……）」

……実際のところ、本当の意味では、僕なんかにチアキの胸中は推し量れない。親しい人間に告白し拒絶されることの痛みは、僕なんかが軽く想像して理解した気になっては、いけないものだろう。それに、僕もまた、チアキを……自分に好意を抱いてくれた人を拒絶し、傷つけたことは絶対忘れられやしない。……正直、未だに胸は痛んでいる。

互いに、傷は、できてしまった。

けれどそれは——少なくとも、膿んではいない。

傷跡は残るかもしれない。けれど、痛みが消え、塞がる予感も、ちゃんとある。

隣のチアキをチラリと見やると、彼女はいつも通りのふくれっ面で、

「なんですかケータ、ジロジロ見て。キモいですね」

なんて、小憎らしい軽口を叩いてきた。僕もまたそれにいつもの調子で返す。

「いや、今、そちらからふわりと潮の香り流れてきた気がしてね」

「人を海くさい呼ばわりとかどういう了見ですかっ」

そうして二人、いつものように、気安い口げんかを始める。今はそれが、とても心地好かった。

これならば、今後もゲーム同好会において、ちゃんと「友達」「仲間」として接していくことができそうである。

僕らはそんな予感にほっと胸をなで下ろしつつ、レストハウスの奥へと進んで行く。

と、喫茶コーナーに差し掛かったところで、突然、意外な声が飛んできた。

「あれ？　雨野と星ノ守じゃねぇか。なにしてんの、お前ら」

「え」

驚いて声の方に視線をやる。と、そこには……。

「え、上原君に……アグリさん？」

喫茶コーナーのテーブル席でくつろぐ、リア充&ギャルカップルがいらっしゃった。

「おお、あまのっち、ほしのん、おつかれー」

軽く手を振りながら微笑むアグリさん。僕とチアキはキョトンと顔を見合わせつつも、とっくにバスで帰ったはずの彼らへと近付いて行く。

そうして僕らがテーブル脇に着いたところで、上原君が訊ねてきた。

「お前ら、帰ったんじゃなかったの？」

「いやそれはこっちの台詞だよ上原君。二人とも、どうしたの？　一時間前に街方面行きのバス、乗ってったよね？」

言いながら回想する。実際、この二人と天道さんを乗せた街方面行きのバスが発車し去って行くのを、僕は一時間前にきっちり見送ったわけで。

心底不思議に思っていると、上原君が肩を落として「それがよぉ」と切り出してきた。

「出発して五分ぐらいした頃かな。急にバスが止まりやがってよ。で、しばらく運転手があれやこれや原因探ってたんだけど、結局修理の目処が立たねーから、申し訳ないけど乗客達はレストハウス戻って、次に出るバスに乗ってくれっつうんだよ。まいったぜ」

「わ、それは災難だったね」

僕の同情に、アグリさんが憤慨した様子で腕を組む。

「まったくだよ。ここまでだって、トーゼン徒歩で戻らされたし。暗い山道を、二十分ぐらいかけてだよ？　しかも次のバスも遅れるみたいだしで、さんざんだよ」

言いながら入り口側のガラス越しに正面ロータリーを見やるアグリさん。確かに、そこにバスは一台も止まっていなかった。聞けば、うちやチアキの家方面に行くバスも遅れているらしい。

「んなわけだから、とりあえずお前らも座って待ってたら？」

僕らは上原君達に促され、彼らの隣のテーブル席につく。と、今度は上原君が僕らに疑問を呈してきた。

「で？　お前らはどうしてまだここに？　まさかそっち方面のバスも？」

「ああ、いや、そうじゃなくて、僕達は……」

と説明しようとするも、チアキに正面からカツンとつま先を蹴られ、ハッとする。

……そうだ。僕は一体、なんと言うつもりだったんだ。

「ネットで運命的な繋がりをする者同士、星を見たり告白されたりしてました」

とでも言うつもりか。それが事実と言えば事実だけれど……きちんと順を追って全部丁寧に説明しないと、カノジョ持ちとして、あまりに人聞きが悪すぎる。だけど、次のバスはいつ来てもおかしくない状況なわけだし……。

僕が答えに窮していると、代わりにチアキがうまく答えてくれた。

「えとえと、二人とも、バス発車直前にお手洗いに戻ったのですが、その結果、バスに乗り遅れてしまいまして。それでそれで、次のバスまで暇していたところをばったり出くわしたので、折角だからと、ここの裏手にある『星見広場』というのを見学して時間を潰そうかという話になり……」

「ああ、だからお前ら、二人で裏手からきたのか」

チアキの説明を受け、特に疑問を抱いた様子もなく納得してくれる上原君。

と、アグリさんが「え！」と声をあげる。

「なにそれ、そんなロマンチックそうな場所あったの⁉　それ知ってたら、亜玖璃達も行ってみたのにぃ！　くーやーしーいー！」

テーブルに身を投げ出し、じたばたとだだをこね始めるアグリさん。僕はそれに苦笑しながら応じた。

「いや、往復にそこそこ時間かかるんで、僕達と違って次のバスまで三十分ぐらいしか時間なかったアグリさん達が行っても、あんまり星見る時間なかったと思いますよ」

「そっかぁ、まあ、それなら諦めもつくけどさ。……っていうか、あまのっちやほしのんも、星に興味持ったりするんだね。意外。てっきりゲーム以外どうでもいいのかと」

「し、失敬な。そ、そりゃ僕らだって、星ぐらい……ね、ねぇ、チアキ？」

「で、ですですケータ。げ、ゲーム一辺倒な人間だとは、思って欲しくないですね！」

二人視線を交差させ、もじもじと俯く僕ら。……い、言えない。実際は二人とも、九割、ソシャゲのボーナス目当てで山を登っただなんてこと、この流れで言えない！

「ふーん……」

そんな僕らの様子をどこか不審げに眺めるアグリさん。……まずい。こと恋愛沙汰に関しては嗅覚の鋭いこの人のことだ。このままだと妙な勘繰りを受けかねない。

焦った僕は視線を周囲に走らせ、「そ、そうだ」と慌てて話題を転換する。

「同じ方面のバスに乗ってたはずの天道さんは、どこに？」

僕があたりをキョロキョロしながら訊ねると、上原君が答えてくれた。

「ああ、そういやちょっと前に軽く売店コーナー見てくると席外したっきりだな」

「そ、そうなんだ。……え、えっと、じゃあ、僕、ちょっと天道さんの様子見に……」

そう言って、アグリさんの追及を逃れるために僕もまたその場を離れようとした——その瞬間。

「雨野君、星ノ守さん、こんばんは」

背後から突如声をかけられ振り向くと、そこには……にこにこと笑顔の、この世で一番可愛い生き物こと、僕のカノジョ・天道花憐さんがいらっしゃった。散々歩き回って疲弊した日の夜だというのに、彼女はと言えばそのブロンドも相まって、相変わらずキラキラと後光がさして見える。

「お、おつかれさまです！」

僕はなぜか緊張してしまい、運動部の後輩みたいなテンションで挨拶すると、慌てて椅子から腰を上げ、彼女の座る席を確保するべく、自分の手荷物を置いていた左隣の椅子をあけた。が、しかし天道さんはと言えば……。

「あ、上原君、アグリさん、そちら失礼しますね」

「……へ？」

気が付けば、いつの間にやら上原君とアグリさんの間の椅子に着席してしまっていた。

「（……い、いや、まあ、いいんだけど……別に常にカレシとカノジョが傍に座らなきゃいけない道理もないだろうし……うん……）」

その場の全員がその位置取りに若干違和感を覚えるも、まあ僕らがくる前、元々座っていた位置に戻っただけなのだろうと勝手に納得してかかる。

と、上原君が「じゃ、じゃあ」と声を上げて立ち上がった。

「まだバス来ないみたいだし、俺ちょっと便所行ってくるわ」

その言葉を受け、アグリさんも立ち上がる。

「あ、じゃあ亜玖璃も行ってこようかな。じゃ、天道さん、荷物番お願いねー」

「……え?」

「え?」

突如天道さんがなにやら動揺した様子の声を上げ、それに対し、アグリさんが首を傾げる。

「えと……フツーに荷物見といて欲しいだけなんだけど……な、なんか都合悪かった?」

「え、あ、い、いえ、そんなことは全然……。了解しました。お二人の荷物は、この天道花憐、命に替えてもお守り致します!」

「別に命にまでは替えなくてもいいけど……。えと、まぁ……じゃ、よろしく」

不思議そうにしながら、先に歩き出していた上原君に続いてトイレに去って行くアグリさん。

そんな彼女の背を見守りながら……僕はふと、思いついたことがあって、チアキのつま先をカツンと蹴った。

「(例の件、話すなら、今じゃないのか?)」

視線と表情でそんな提案を伝えてみる。と、チアキは一瞬戸惑った様子を見せるも、すぐに覚悟を決めた顔つきで、こくりと頷き返してきた。

チアキは天道さんの方へと椅子ごと体の向きを変えると、極めて真剣な顔つきで話を切り出そうと——

「あ、雨野君！ 貴方『ウォーフィールド』の最新作はやっているかしら⁉」

——したところで、突然天道さんがくわっと目を見開き、僕の方へと訊ねてきた。

僕は少し戸惑いつつも、その質問に返す。

「い、いえ、残念ながらやってないですけど……」

「そ、そう。やってないの……。……あ、ほ、星ノ守さんは……」

「や、やってないですね……すいません……」

「そう……」

……会話が終わる。だ、だって、僕ら、やってないんだもの、そのゲーム。

それに、そんなことより、今はもっと大事な……。

「あの、天道さん？ その、チアキと僕から、今のうちに大事な話が——」

「今作は第一次世界大戦を舞台にしているだけあって、戦場感が凄いのよね！」

「その話終わってなかったんですか⁉」

なんかまだ「ウォーフィールド」の話が続いていた！ 天道さんがペラペラと語る。

「いえ、個人的には近未来を舞台にした、激しいアクションと未来ガジェットだらけのFPSも嫌(きら)いじゃないのよ⁉　けれどアナログでゆっくりめのドンパチだからこそ戦略やチーム力が活(い)きる場面もあるわけで！　ほら、オンラインの戦車ゲーとかが面白(おもしろ)いのも、やっぱりそういうエイム力だけがものを言うわけじゃないプレイ感が――」

「ちょ、ちょっと待って下さい天道さん！　ぼ、僕的には他人のゲームレビュー大好物なんですが、とはいえ、その話、今は一旦脇(いったんわき)に置いてもらうこと、できませんかね？」

僕が必死で話を遮(さえぎ)ると、天道さんは「ぐっ」となにやら悔(くや)しそうに呻(うめ)いた。……て、天道さんって、こういうタイプだったっけ？　や、僕もチアキも自分の好きなゲーム話で暴走するところはあるけれど……天道さんに関しては、ちゃんとその辺の空気をキッチリ読める人だと……。

ま、まあ、なんにせよ、天道さんの「ウォーフィールド」話は遮れた。

僕とチアキは咳払(せきばら)いし、一度居住まいを正すと、改めて彼女に僕らの話を――

「ちょっと売店見てきますね、私」

――聞かずして急に立ち上がった！　僕は「いやいやいや！」と慌てて彼女を止める！

「何回売店見るんですか天道さん！」

「品揃(しなぞろ)え替わってるかもしれないですし」

「そんなオンラインゲームみたいにリアルタイムで品揃え更新されたりしないですから！　あと、命に替えてもアグリさん達の荷物見張るんじゃないんですか⁉」

「ふ、なぜこの私がアグリさん達の荷物に命をかけなきゃいけないのですか」

「すさまじく正論だけども！　さっき自分で言ったじゃないですか天道さん！」

「先程はどうかしてたのです。では、いざ、売店へ。これにて御免！」

「今も充分どうかしてますよ！　た、たとえどうかしている時の約束でも、約束は約束じゃないですか！　責任を果たさないなんて、らしくないですよ、天道さん！」

「ぐ……そ、それは、そう、ですね。わ、分かりました。荷物……見張ります」

天道さんは今にも舌を嚙みちぎりかねない悔しげな表情で着席すると、ジッとアグリさん達の荷物を見つめ始める。…………。…………。

「えーと……天道さん？　あの……それで、僕とチアキから、話が……」

「…………（じー……）」

「……天道さん？　おーい？」

「（じー……）」

天道さんが、一心不乱にアグリさん達のバッグを見つめなさっている。

「いや真面目か！　荷物見張りつつも会話ぐらいはできるでしょう⁉　天道さん、軽い返答ぐらいして下さいよ！」

「うぃっ」

「軽っ！　想定以上に軽い返答きたっ！　これ、聞いてるか怪しいレベルのやつだ！」

「うぃっ」

「もう少し真面目に聞いて下さいよ天道さん！　ねぇ、天道さんっ⁉」

いい加減焦れた僕は、席から立ち上がると、天道さんの肩に手を伸ばし――

「っ！」

「⁉」

――そこで、パチンと、手を払いのけられた。

そのあまりに明確な拒絶の意志に……僕とチアキは一瞬、ぽかんと呆けてしまうも、直後――

「お待たせー。悪かったな、荷物見てて貰って」

「あまのっち、バスまだー？」

――上原君とアグリさんがお手洗いから戻ってきてしまったため、全ては有耶無耶になってしまった。

二人と合流しつつ、僕とチアキはこっそり小声でやりとりする。

「（なんか妙な感じだったけど……まあ、また今度言えばいいか）」

「（ですね。別に絶対今じゃなきゃいけないものでもないですし）」

天道さんの様子が少しおかしかったものの、日中の疲労が疲労だったし、時間も遅かったため「変なテンション」自体は僕もチアキも然程気にしなかった。実際僕とチアキだって、直前に星見広場で中々赤面もののやりとりを繰り広げてきたわけだし。

とはいえ……。

「（僕らとしては、天道さんにキッチリ説明を終えて初めて、ようやく異性意識に一区切りをつけて、完全なる『友達』へと戻れる気がしていたんだけどなぁ……）」

それを持って、ようやく僕らは心機一転、再スタートが切られるわけで。

だというのに、現状では僕ら、「天道さんへの隠し事を二人だけで共有する」という……なぜか余計に浮気めいた状況に陥らされてしまっているわけで。なにこれ。

思わずチアキの方を見やると、彼女もまたこちらを見ていた。期せずして見つめ合うカタチになる僕ら。互いに気まずくて、咄嗟に二人、目を伏せてしまう。が……。

「（だから、なんなのさこの浮気的関係性の継続状況！　天道さんにハッキリ言ってけじめつけないと、このチアキとの妙な男女意識、払拭しきれないんですけど！）」

とはいえ、メールや電話で済ますのも何か違う。僕とチアキ、天道さんの三人が揃った場できっちり誠意を持って話すべき重要な案件なのは間違いなく。

僕は一人大きく息を吐くと、上原君達と雑談を始めた天道さんをぼんやりと眺め、結論した。

「(ま、同じ同好会なんだし、三人で話せる機会なんて今後いくらでもあるか)」

別に遠距離恋愛をしているわけでもなし。遅くとも数日中にはカタがつく案件だろう。

と、そうこうしている間にも、続々と各方面へ向かうバスが到着した。

僕らは二度目になる別れの挨拶を手短に済ますと、それぞれのバスに乗車していく。

そうして。

バスは、今度こそ何事もなく各方面へと発車。

僕らはようやく、この長くて濃ゆい一日を、終えられたのだった。

天道花憐

走行するバスの窓から暗い夜道を眺め、一人、深くため息をつく。後方では上原君と亜玖璃さんが仲良く二人並んで座っているが、私は彼らから少し距離を取った前方の席に座っていた。二人は「気を遣ってくれている」とでも解釈しているだろうけれど、本当は違う。

私は……ただ、一人に、なりたかった。

誰とも会話をする余裕が、なかったから。

なぜなら……なぜなら、それは……。

「（雨野君と星ノ守さんが『交際を始める』なんて事実を、どう受け入れろと言うのよぉおおおおおおおおおおおおおおおおおおおおおおおおおおおおおおおおおおおお！）」

心の中で絶叫し、俯きつつ、左拳で誰も居ない隣の座席シートをボスボス殴る。

行き場のない感情の奔流が、まるで竜の如く私の中で暴れ回っている。

怒り、悲しみ、嫉み、妬み、憎しみ、そして——

「（絶対に……絶対に、認めてたまるものですか！）」

——激しい拒絶。

「（おかしいわよ……こんなの……こんなの……！）」

思わず自らの頬をつねってみる。…………痛い。悲しいぐらいに痛い。つねる場所がいけないのかと反対の頬もつねってみるも、結果は変わらなかった。両頬がバランスよくヒリヒリしただけだ。

「……うぅ」

今度は私の中で怒りより悲しみが勝ってきて、思わず涙をこぼしかけてしまう。

が、すぐに私は「駄目！」と自らに活を入れた。

ゲームの対戦でもそう。心が萎れて泣いちゃったら、それで全てはおしまいだ。次の戦いへの燃料たる悔し涙を流すのはいい。けれど、胸の炎を消すような悲しみの涙は駄目だ。それは、本当に全てを終わらせる涙だから。

「……ふぅ」

私は息を整えると、今一度心を奮い立たせるため……二人が「交際を決めた」と知るに至った経緯を……できるだけ全て客観的に、第三者に語って聞かせるような気持ちで、回想し始めたのでした。

＊

今から遡ること、一時間ほど前のことです。

バスが故障し、歩いてレストハウスに戻った私、上原君、亜玖璃さんの三人は、喫茶コーナーにてダラダラと時間を潰していました。

が、上原君と亜玖璃さんというカップル相手に、どうもこの私のお邪魔虫感は否めません。結局途中で多少気を遣った私は「あ、ちょ、ちょっと売店を見て来ますね」とその場から席を外したのです。

これこそが、本日最大のミスでした。

実際のところ、売店に見るものなど、殆どありませんでした。すぐに手持ちぶさたになってしまった私は、アテもなく館内をぶらつき……そうして、見つけてしまったのです。

あの、「星見広場」への、入り口を。

これはいい暇つぶしになりそうだと喜んだのも束の間、よくよく説明を読んでみると、頂上まで往復するには少々時間が足りないことが判明しました。

しかしそれでも「綺麗な満天の星」がどうしても諦めきれなかった私は、広場までの道でも既に充分に綺麗な星空が見られるとの説明を信じ、ものは試しにと中腹まで登ってみることにしたのです。

そうして見た夜空は、果たして、本当に綺麗でした。

特に少し開けた中腹の休憩地点からの星空は見事で、私は一人、備え付けの休憩用ベンチに腰掛け、しばしの間ゆっくりと星空を満喫したものです。

……雨野君と二人で見たかったなー、なんて思いながら。

そうしてそのままうっとりと、一分ほど星空を鑑賞した頃だったでしょうか。頭から髪留めがするりとベンチの後ろの暗がりに落ちてしまったのは。

私はやれやれと立ち上がると、ベンチの裏手に回って、暗がりで視界の悪い中、身をかがめていそいそと髪留めを捜し始めました。

が、髪留めは意外と遠くまで転がってしまっており、最終的には天球儀のモニュメントの裏まで捜したところで、ようやく発見に至りました。

私は髪留めを手にほっと胸をなで下ろすと、そろそろレストハウスに戻ろうかと――

――立ち上がりかけたところで、ふと、人の気配がすることに気がつきました。

思わずぎくりとして、私は反射的にモニュメントの陰に潜み直します。

そうして陰からそぉっと様子を窺うと、どうやら山道の方からカップルが下りてきているようでした。

正直全く隠れる必要はなかったのですが、一度隠れてしまった以上、ここでぬっと出て行って彼らを無駄に驚かせても忍びないです。仕方なく私は、そのまま身を潜めて、彼らが踊り場を通り過ぎてから、改めて出て行くことに決めたのでした。

モニュメントの裏で、自分は一体何をしているのかと若干凹みながら、カップルが通り過ぎるのを待ちます。が、いくら待っても、二人は中々下って来ませんでした。

一体何をしているのかと痺れを切らした私は、もう一度軽くモニュメントから顔だけ覗かせ、こっそりと様子を窺いました。

……と、そこには、意外な人物達の姿が。

「（え、あれって…………雨野君と、星ノ守さん？）」

あまりに想定外の光景に、私は目を丸くしてまいます。一方あの二人はと言えば、なにやら実に楽しげに会話を交わしている様子でした。

「少し前までぼっちだった…………リア充…………悩ませて…………です！」

「…………おお！　確かに…………」

言葉こそ断片的にしか聞こえなかったものの、その声質ややりとりは、まず間違いなくあの二人のものでした。

「（一体どうして二人が一緒に……）」

私は仄かな胸騒ぎを覚えながらも様子を窺い続けました。と、二人はなぜか階段の途中で足を止め……そのまま、揃って空を見上げて黙り込みます。

「（……な、なんですかこの、アレな空気……！　きぃ……！）」

激しい嫉妬に身を焦がす私。……いえ、後から考えてみればその感情は些かフライング気味だった気もするのですが、しかし男女二人で感慨深げに空を見上げる……なんて状況を「ロマンチック」以外にどう形容しろと言うのでしょう。

私の不安がいよいよ明確なカタチを持ち始める中、二人は階段を下りてきました。

私は慌てて顔を引っ込めると、今一度モニュメントの背後にしゃがみ込み、今度はしっかりと気配を消しました。……なんのためにそんなことを、とはツッコまないで下さい。一度隠れたらもう引くに引けないこの感じ、分かってもらえないでしょうか。

とにもかくにも、その時私は、モニュメントの裏でじっと息を潜めていたわけで。

雨野君と星ノ守さんの二人はまるで私に気付く様子もなく、黙ったままゆっくりと下りてきました。

そうして、私が隠れ潜む休憩地点に差し掛かったところで……二人は突如会話を……。

そう、あの決定的な会話を、繰り広げたのです。

「まあ実際、僕としては、天道さんにはちゃんと話しておきたいかな」

「そうですね。もしそれで天道さんに自分が嫌われたり、自分とケータの今の関係を咎められても、それは仕方ないとしか言いようがないです。全面的に自分が悪いので」

「……自分達が、ね」

その時の私には、それがなんの話か、まるで分かりませんでした。分からなかったのに
……それでも、私の動悸は痛いほどに速まっていて。いやな予感が、していました。ここから先を聞いてはいけないと、私の中で何かが警告していて。

けれど……私が耳を塞ぐその前に。

その「無慈悲な言葉」は、星ノ守さんの口から、発せられたのでした。

「了解です。天道さんには、早めにちゃんと言いましょう、自分達の関係。そうしてこそ、自分もケータと、また、心置きなく付き合っていけると思うんで」

「（————え）」

瞬間、自分の瞳からスッと感情が抜け落ちていくのが分かりました。

……ナニヲイッテイルノ？

今のは聞き間違い。いつもの勘違いよ。そう、それしかないじゃない。はは。

その時の私は必死にそう心を持ち直そうと努めたものの……しかしそんな私を叩きのめすかのように、二人の口からは次々と追い打ちが飛び出します。

「うん。そういうとこのケジメはしっかりつけないとね、やっぱり」

「ですねですね。変に隠すのは、天道さんに悪いですし」

「そうだね。僕だって、交際相手とは堂々と正直に笑い合える間柄でいたいもの」

「はい。自分だって、大事な人にはそうあって欲しいって思いますよ。心から」

「――――」

そこから先の会話は、距離が離れてもう私の耳には聞こえませんでした。

いいえ、たとえ「音」として聞こえたとしても、それを「言葉」として認識することができなかったのでしょう。

なぜなら、私の心はその時、もう、ぐちゃぐちゃにかき乱されていたのですから。

「(へ、なに、これ、え、つまり、どういう……)」

モニュメントの裏で膝を抱えたまま、一人、黙々と考え続ける私。しかし……いくら考えても、考えても、考えても……出る結論は、たった一つだけでした。

今、聞いた通りの……そのまんまの、解釈。

「(雨野君と星ノ守さんは交際を始めるので、近々、私にケジメをつけると)」

「………。

「はぁぁぁぁぁぁぁああああああああああああああああああああああああああ!?」

私は大きく叫んで立ち上がりました。既に雨野君達は大分先まで下りていったようで私の存在に気付くことはありませんでした。が——

『ぎゃあああああ!?』

「?」

——その代わり、いつの間にか下りてきていたらしい後続のカップルが、私を見て腰を抜かしていました。……まあそりゃ、人気のない夜道で、突如モニュメントの裏から凄まじい形相をした金髪女が叫びながら出現したら、こういうリアクションにもなるでしょう。……今思い出しても、彼らには大変悪いことをしたものです。ごめんなさい。今後この一件が都市伝説化しないことを祈るばかりです。

とにかく、私は慌ててその二人に軽く頭を下げた後、逃げるように山道を下りました。目尻に溜まった涙が、風に飛ばされ後方にキラキラと舞いました。

下山中は、頭が混乱して何も考えられませんでした。悲しくて、悔しくて、そして今急にこんな展開になっている意味が分からなくて。

現実が、受け入れられなくて。

だけどそれでも、山を下りきりレストハウスに到着した時には、一つだけ……私の中で、ハッキリした答えが、出ていました。

それは……。

「(み、認めない……！　認められない……！　こんなの……こんなの、絶対に！)」

勝手に私と「ケジメ」をつけて二人で新たな道を歩き出そうとするその身勝手な行為。

私はそれを、簡単に認めてあげるわけにはいきませんでした。

「(そうよ……そんな許可、誰が出すものですか！)」

それは……言うなれば、結婚を申し込みに家へときたがる娘の彼氏と、断固として顔を合わせまいとする父親の覚悟にも似た思いでした。

だって、それを聞いてしまったら。

二人に、けじめを、つけられて、しまったら。

きっともう、私には……できることなんか、ないのだから。

両想いの二人に、対抗手段なんて、あるはずが、ないのだから。

だからこそ……私はあの後レストハウスで三人きりになった時、交際報告や別れ話を切り出そうとしてくるあの二人を、ただただ、必死に、かわし続けたのでした。

＊

回想を終え、意識が再び夜の静かなバス車内へと戻ってくる。ふと背後を振り返ると、後方では上原君と亜玖璃さんのカップルが仲良く互いに頭を預けながらすーすー寝息を立てていた。その微笑ましいカップルの姿を見て、私は……改めて決意を固める。

「………まだ、です。まだ……だって雨野君は……私に告白してくれたし……」

先日の、あのとてつもなく熱い……今でも思い出すだけで頬が熱を帯びてしまう告白を思い出します。

……そうよ。先日雨野君の熱い告白を、私は耳にしたばかりじゃない。あの言葉に嘘があったとは、到底思えない。でもだとしたら、どうして彼は星ノ守さんと交際を……。

そこまで考えたところで、私はハッとする。

「(そうだわっ！　どうして今まで気付かなかったのかしら！　彼はきっと——星ノ守さんからの告白を、上手く断れなかったんだわっ！」)

そう解釈すれば、全てに筋が通る。

私は更に推理を進めた。

「（ええ、そうよ！　きっとそうなんだわ！　だってあの優しい雨野君だもの！　あんなロマンチックな環境下で友達の星ノ守さんに告白されたら、断るに断り切れなかったのよ！　きっとそんなオチなのよ！　そうに違いないわ！）」

そして、そうこうしている間に、話はあれよあれよと進展。最終的に「けじめ」をつけるべく、二人で私に話を切り出すという計画になってしまったのでしょう。

これならば全てに納得がいく。……ううん、これじゃないと、駄目なのよ。

「（本当に二人が好き合っているなんて……そんなの……）」

雨野君への信頼の片隅で、ちらりと私の脳裏を不安が過ぎる。……駄目よ花憐。そんな可能性、考える必要がない。

今の推理で正解。正解に違いないわ。

「（そうよね。だって、筋が通るもの、ええ）」

私は自分のあまりの「察しの良さ」に、思わずフッとニヒルに微笑んでしまう。

「（はぁ、それにしても私ぐらいになると、もはや自分が『勘違い』『すれ違い』を起こしたことさえ認識し、推理の素材に加えられちゃうのね……）」

自分で自分のハイスペックが恐ろしい。どれだけ可愛げのない女になれば気が済むのかしらね、天道花憐という女は。

でも今回ばかりは自分の優秀な頭脳に感謝です。おかげで……正確な「敵」と「対処」を見定めることができたのだから。

敵……それはつまり、星ノ守千秋さん――ではなく、二人が今なそうとしている、「間違ったカップル成立宣言」そのもの。

そしてそれへの対処とは……つまり。

「（こうなったらもう、私のやるべきことは、たった一つね！）」

私は、窓から星空を睨み付けると。

渾身の決意と共に、その拳を、窓越しの夜空へと向けて思い切り掲げた。

「（二人からの『改まった話』をかわして、かわして、かわしまくることで、あの二人の関係性を『このまま』に留めてあげるのよっ。皆の健全な幸せのためにもねっ！）」

その拳の勢いたるや最早――

『ピンポーン。次、止まります』

――誤って、停車ボタンを押し込んでしまう程なのでした。

【星ノ守心春と導かれし者達】

「雨野センパイに……告白したぁ⁉」

湯煙に満ちた星ノ守家のお風呂場に、あたしの素っ頓狂な声が木霊する。

あたしが思わず洗髪の手を止めて振り返ると、姉はぶくぶくと照れ隠しのように口元を湯船に沈めていた。

あたしは混乱した頭を一旦整えるべく、シャワーで髪の泡を洗いながら、ここに至る流れを回想する。

山の上のレストハウスを終点とした、例のゲームイベントがあったその日の夜。

ソシャゲのイベントゲットのためバスを一本遅らせた姉が帰ってきたのは、あたしの帰宅から約一時間後のことだった。時間が時間だけに姉の一人帰宅を多少心配していたあたしだったので、彼女がほぼほぼ予定通りに帰宅してくれたことにまずは安堵したのだけれど……しかし改めてよくよく観察してみれば、彼女の様子は少しだけおかしかった。

瞼は若干腫れ、普段に比してテンションが異様に高く、妙に口数も多い割には、あたしと別れた後の事を多く語らない。

居間でソファに腰掛けバラエティ番組を熱心に見ていた両親はまるで気付かない様子だったけれど、姉と二人で遅めの晩ご飯を摂っていたあたしはそれに気付いてしまい。

そうなるともう、あたしは、気が気じゃない。自分と別れてから、この一応は美人の類に入る姉に、家族にも言いたくない何かがあったんじゃないかと、悪い想像ばかりが膨らむ始末。こういう時ばかりは無駄に蓄積した自分のエロゲ知識がホントいやになった。

しかし両親の前でそれを強く追及するのも憚られたあたしは、悩みに悩んだ末、数年ぶりに姉へ提案したのだった。

今日は一緒にお風呂に入らないかと。

当然最初は照れて拒否ってきた姉だけれど、とはいえ基本は押しに弱いチョロい姉だ。

あたしが何度か押したらすぐに頬を赤らめつつ受け入れてくれた。……いやまあそういうところが、妹としてはまた心配でたまらないわけだけれど……。

なんにせよ、そうして風呂場でようやく聞き出した「空白の一時間」の話はといえば。

果たして、あたしの予想だにしない超展開エピソードにも程があった。

考えようによっては、エロゲ的展開等よりもよっぽど端的に姉の恋愛がバッドエンドへと直行しかねない、想定外の話であり。

あたしはゆっくりと髪からシャンプーを流し終えると、自らの腰掛けていたバスチェアを湯船の方へと向け直し、しっかりと話を聞く体勢を取った。

「告白って……どうしたのさ、急に！」

あたしのその質問に、姉は湯船から顔を出し、頬を真っ赤にしつつも、照れくさそうにふいっと視線を逸らして応じてきた。

「いえ、あのあの……こ、告白と言うと大げさですよ、コノハ。だって自分はその……自分の気持ちを……好意を、ケータに余すところなく伝えただけというか……」

「いやそれを告白と言わずして何と言うのよ」

あたしが呆れながら訊ねると、姉は顎に指をあて、可愛らしく首を傾げた。

「………ここでネタばらし？」

「なんで若干バラエティ感ある言い回しにしたの!?　自分の告白をそんな風に表現できるなんて、うちの姉の女子力はゼロどころかマイナスの領域か！」

「でもでも、《のべ》や《ＭＯＮＯ》のことに関しても同時にぶちまけたので……」

「えええええええええええええええええ!?」

超展開のつるべ打ちだった。なにこれ。うちの姉はご乱心なの？

あたしの髪から水滴が床に落ちてはじける音だけが浴室に木霊する。

あたしがすっかり言葉を失って固まっていると、姉は「あ」と声を上げ、あたしにぺこ

りと軽く頭を下げてから続ける。

「というわけで、コノハの《のべ》や《MONO》役に関しては、もうお役御免です。お疲れ様でした」

「いや……へ？　そ、そんなこと急に言われても、心の切り替えが……」

「………。えと……こ、コノハさん、クランクアップでーす！」

湯船からざばーと可愛らしく腕を上げ、ドラマ撮影現場のＡＤみたいな声をあげる我が姉。……なんだこれ。

「いや言い方の問題じゃないから！　なんであたし、なんの確認もなくいきなり《のべ》＆《MONO》役降ろされてんの!?」

「……こ、コノハの、跳ね上がってきたギャラの関係で……」

「そんな海外ドラマみたいな理由で!?　いや、っていうかあたしがいつ姉に高額のギャラを要求したのよ！」

「こ、コノハは知らず知らずのうちに姉から奪っていたのですよ！　ケータの、《のべ》や《MONO》に対する《好意》というギャラをね……」

「なにちょっと上手いこと言った風に悦に入ってるのこの姉！　超うざいんですけど！」

「というわけで、もうケータの好意を姉からちょろまかすのはやめて下さい、コノハ」

「しかもなんか被害者面だ！　自分からあたしにその役を振ったクセに！」

「というか、ケータも言ってましたが、そもそも《のべ》や《ＭＯＮＯ》のキャラとコノハって致命的にそぐわなかったですよね。ミスキャストもいいとこです」

「遂にはミスキャスト呼ばわりまで始めた！　あ、あたしがその無理な配役に、これまでどれほど苦労させられたと思ってんの⁉」

「ですね。ケータに正体ばらして、いい感じなリアクション貰えた今となっては、なんかもう、コノハによる正体偽装期間って、自分にとって軽く黒歴史の領域ですよ。なんだったんですか？　あのくだり」

「おっと、殺人の動機として充分に使用可能な最低発言きましたよこれ」

「…………ご、ごめんなさいコノハ。告白の一件で変なテンションになってて、お姉ちゃん、今少しだけ調子に乗ってました」

申し訳なさそうに再びぶくぶくと湯船に口をつける姉。

あたしは一つため息を吐くと、椅子を洗い場正面に向け直して体を洗いながら改めて詳しい話を聞き直すことにした。

「それで、告白はどうなったのさ？　まあ、雰囲気や流れ的に、成就したわけじゃなさそうなのは、既になんとなく伝わってきているけど……」

しかしそれにしては姉に悲壮感がないのが気になった。

彼女は湯船から顔を出すと、「それがね」と大まかな説明を始める。

そうして、あたしが全身を洗い終えると同時に、姉も告白の顛末を語り終えた。

あたしは体の泡をシャワーで流しながら「なるほどね」と応じる。

「成功でこそなかったものの、完全に友情まで失う玉砕とか、妙な浮気関係に発展とか、そういう最悪な展開にもならなかったと」

「ですです。そこは、ケータの誠意と優しさに心から感謝ですね」

そう言って、ふふっと照れくさそうに微笑む姉。その表情を見て、すぐに察するあたし。

「(あ、これ、なんだかんだで更に惚れてるわ、うちの姉。勘弁してよ、もう……)」

何がやばいって、雨野センパイの「カノジョ持ち状況下における女友達からの告白への対処」が、あたしの中でも相当好感度高かったところだ。

「(曖昧な顔はせず、ちゃんとフって、だけど相手を必要以上に傷つけない対処も忘れないとか……フリ方として百点だけど、だからこそずるくないですかセンパイ!?)」

女をフって好感度あげるとか、ずるいわー。いやらしいわー。あー、やだやだー。

………。……す、好きだわー。

「(なんなの!? なんなの雨野景太! 他の女にガッツリ操を立てる姿がむしろ魅力的と

か言い出したら、あたしと姉、いよいよヤバくない⁉　どうしてあたしたちの恋愛劇、登場人物がことごとく童貞＆処女のこの段階で、愛人に身をやつす女の気持ちまで理解できる人員を二人も輩出したの⁉　泥沼にも程がない⁉）」

　なんだこの、名作エロゲを全年齢版にした結果、性描写が抜けて大人の恋愛だけが残ったみたいな歪な状況は。現実にあんのね、こんなこと。

　考えれば考える程、胸がきゅうきゅうしてきて、あたしは思わず足をぱたつかせてしまう。床の上のお湯がぴちゃぴちゃと跳ねた。

「こ、コノハ？」

　姉が心配そうにあたしを見つめてくる。……この姉は、自分がまだまだ絶賛恋愛中なこととか、気付いてないんだろうな。雨野センパイに気持ちを言えてスッキリ、これからも友達として楽しくいられそうです！　なーんて思ってるんだろうなぁ。

　それは多分、きっと、間違いでは、ない。一人で好意や正体を明かせず孤独に悶々としていた時期に比べれば、姉が今格段に幸せなのは間違いないだろう。けれど……。

「（そう簡単に理性で制御が利くものなのかな……恋心って）」

　告白してフラれたので、はい終わり。このルートの可能性は完全に潰れました。脱落ヒロインは今後純粋に「友達要員」としてしか登場しません。……なーんてシステマチックな「区切り」が、果たして現実の恋愛にあり得るのだろうか？

一度異性として抱いた好意を、フラれた途端に今度は「友達」としての好意へと完全シフトなんて……この姉が思っている程、簡単にできる事じゃないハズだ。

……いや、これもやっぱり、あたしがエロゲマニアが故の考えすぎなのだろうか。あたしはあたしで、男女間の友情というものに懐疑的すぎるきらいはあるから。

「……まあ、さ」

あたしは改めて姉に向き直ると……にこりと笑って、とりあえず祝福の言葉を告げた。

「良かったんじゃない？　センパイと普通の友達になれたなら、それはそれでさ」

その言葉に、姉は頬を上気させながら、まるで曇りない笑顔で応じてくる。

「うん！　ありがとうね、コノハ！」

「……うん」

「さて、次は自分が頭と体を洗いますので、コノハ、湯船で温まったらいいですよ」

「……ありがと。そうする」

あたしは姉と場所を入れ替わり、湯船へとつかる。

先程まで姉の入っていた湯はぽかぽかと温かく、まるで彼女の幸福があたしにまで伝わってくるようだった。

＊

それから一週間少々が経過し、暦は十一月へと突入した。

今年の我が碧陽学園は十一月下旬に文化祭が予定されており、おかげで生徒会長たるあたしの放課後はここしばらく各種事務処理で忙殺されている。他校の生徒に絡む暇どころか、趣味のエロゲさえも満足に遊べない日々だ。流石に辛い。

ちなみに音吹高校の文化祭進捗状況はどうなのかと姉に訊ねたところ、今年はそもそも文化祭自体がないという、意外な回答が返ってきた。

曰く、音吹での「大きな文化祭」は三年に一度だけらしい。

それは実に楽そうだと羨ましく思ったものの、その分三年に一度のその機会には他校より大分派手で大がかりになるらしいから、それはそれで面倒そうでもある。運悪く来年の音吹高校生徒会長に選ばれる生徒が今から可哀想でならない。

なにはともあれ、そんなわけで音吹高校生徒達は基本的には穏やかな秋の学生生活を満喫中のようだ。一応、姉や雨野センパイといった二年生は、十一月終盤に行われる修学旅行へ向けて多少ばたばたしているらしいものの、とはいえ通常営業の範囲内だという。

そのため、ゲーム同好会活動も平時通り週三のペースで行われているようだった。

——特に、滞りも、無く。

「（もっとぎくしゃくすると思ってたんだけどな……）」

そう、当初あたしの抱いた危惧に反して、姉と雨野センパイの関係性は極めて良好そのもののようだった。勿論そこに「姉から聞く限りは」という注釈はつくものの、まあ少なくとも友人関係に大きな変化がないのは確かなようで。

それどころか姉は以前にも増して雨野センパイと気軽にゲーム話に興じられるようになったと喜んでいる始末だった。勿論依然として互いのゲーム観は変わってないため「喧嘩腰」になる頻度に変化はないようなのだけれど、それさえも最早一種の「じゃれあい」として楽しんでいる風であり……要は、ここにきてようやく我が姉は雨野先輩と「まともな友達関係」にまで発展したということだろう。

ここで、姉目線で雨野センパイとの関係性を時系列順にまとめるとこうなる。

同好の士　↓　敵対関係　↓　運命の人　↓　片思い　↓　普通の友達（NEW！）

……我が姉のここ半年、パない。なんだこれ。リアリティショーのプロデューサーが演出に参加しているのだろうか、うちの姉の人生。

まあそれ言い出したら、某オタク男子の方が真のバケモノなんだけどさ。

だって、うちの姉とこんなに色々ありつつも一方で学園のアイドルと交際始めたり、友人の彼女とキス未遂犯したり、某エロゲ好き女子の心を奪ったりしているんだもの。今年の「こじらせオブ・ザ・イヤー」ではぶっちぎりの首位確実だ。雨野景太。

……そろそろ話を戻そう。

とにかく、姉は今のところ、これまでと変わらず楽しくやれているらしい。

なにせ、ゲスハラや天道花憐、アグー先輩なんかとも「普通に」会話できている様子であり、姉の告白の影響は思った以上に、表に出てこなかったようだった。

大変結構なことであるが……しかし、姉自身としては、「それこそ」がむしろ唯一のひっかかりでもあるらしい。

曰く、姉と雨野センパイは、告白の件を、天道さんへ誠意をもってきちんと伝えてから、改めて日常を再開したかったとのこと。

……相変わらず、二人とも「らしい」感性だ。

馬鹿馬鹿しくて、幼稚で、意外に自分勝手で……だけどどこか尊敬もできてしまう。そんな、我が姉と雨野センパイらしい純粋な決断。

しかし姉が言うには「それこそ」がどうにも上手くいかないらしい。

そもそも姉と天道さんと雨野センパイの三人で喋るという状況に中々持ち込めない上、たとえそこまで持ち込めても、今度は会話の流れが上手く作れず、結局本題に入れないまま天道さんが他の用事で去ってしまう……ということを、この一週間だけでも何度か繰り返しているらしい。

それならもうメールや電話で伝えちゃえばいいじゃんとあたしなんかは思うものの、二人的に、それは誠意に欠ける気がするらしい。……激しく面倒臭い人達だ。

とにかくそんなわけで、姉は現在、唯一その点においてのみ、未だモヤモヤを抱えているらしいのだけれど……。

「センパイ。なんかおかしくないですか、それって」

「へ？　おかしいって、何が？」

十一月の第二週、水曜の放課後。生徒会の作業を高速で終わらせて無理矢理時間を作ったあたしは現在、雨野センパイと二人でコンビニのイートインコーナーにいた。

簡素な二人掛け用テーブルの上には、あたしの前に男らしいブラックコーヒーのボトル缶が。雨野センパイの前には、長いストローのさされた紙パックの甘いレモンティーが置かれている。

まるで草食動物のように平和そうな面で、ちうーとレモンティーを啜るセンパイ。あたしはそれを見て思わず頬が緩みつつも、今日ばかりはこれを楽しんでいる場合じゃないと表情を引き締め直し、再度訊ねた。

「いやその『話せなさ』がですよ。普通、そんなことあります？」

「ありますも何も……実際そうなんだから……」

あたしに何を疑われているのかイマイチピンと来ていない様子の雨野センパイ。

あたしは一度深くため息をつくと、仕方なく、今度はド直球で訊ねてみることにした。

「天道さんに、かわされているんじゃないですか、それ」

あたしの言葉に、ぽかんと呆けた表情を見せてくる雨野センパイ。しかし彼は直後、

「あははっ」と可笑しそうに笑い声をあげた。

「コノハさんは相変わらず面白い発想するなー」

「いや冗談じゃなくてセンパイ。実際、三人中二人がとある一つの話題を『喋ろう』としている状況下で、しかしなぜか会話の流れがそこにまるで持ち込めない……なんてこと、そうありますかね？」

「や、だから、ありますも何も、実際あったわけで」

「ですからそれが怪しいと――」

　あたしがそう前のめりで推理を続けようとしたところで、雨野センパイが不思議そうに切り込んでくる。

「怪しいって……そもそもなんで天道さんが『この話題』を『かわす』のさ？」

「それは……」

　いきなり痛いところを突かれた。あたしがぐっと黙り込むと、センパイはレモンティーを一口飲んでから続けてくる。

「や、コノハさんの言っていること、話としては全く理解できないわけじゃないんだよ？　事実、僕の印象としてもなんか天道さん……最近、妙に早く話を切り上げていく感、多少あった気はするし」

「ほ、ほらやっぱり――！」

「でも、理由がない」

「…………」

　再び黙るあたし。雨野センパイは頭をぽりぽりと掻く。

「だから多分……僕らが天道さんに上手く告白のことを話せないのは、結局は僕ら側の問題なんだと思うよ？　ほら、なんとなく無意識に、話したくないなー、話しづらいなーとか思ってるからこそ、微妙にタイミング逃しちゃっているんじゃないかと」

「それは……」

それは実に雨野センパイや姉らしい発想で……そして最も理にかなった解釈だった。

けれどあたしは、やっぱりどこか引っかかってしまう。

あたし達の……いや、姉や雨野センパイの恋愛事情は確かにいつもすれ違い、かけ違う。けどそれは、決して「偶然」ばかりの産物じゃなかったはずだ。明確な誰かの意志や行動があって、それらが互いに作用し合った結果としての、すれ違いであり。

今回で言えば、三人中二人が「話そう」としている以上……それが上手くいかないとすれば、残りの一人——つまり天道さん側に何らかの思惑があるとしか思えない。

あたしが思わずしかめっ面で唸ってしまっていると、雨野センパイは優しくあたしに微笑みかけてきてくれた。

「ありがとう、コノハさん。なんか僕達のこと、凄く心配してくれているみたいで」

「へ？　あ、いや、心配というか……」

「チアキがコノハさんに事情を全部話したと聞いた時はびっくりしたけれど、今となっては、僕もそれで良かったなと心から思っているよ」

「そ、そうですかね？」

「うん！　だってそのおかげで、コノハさんとも、こうしてまた気楽に喋られるんだから」

センパイは心底嬉しそうに笑って、続けてくる。

「たとえコノハさんとのネットの交流が嘘だったとしてもさ。それでも僕……やっぱり単純にコノハさんと喋るのは、楽しくて、好きだもの」

「え、いや、え、あの……」

相変わらず無邪気な瞳で、正面から、まっすぐな好意をぶつけてくる彼に……なんと返していいのか分からず、ただただ照れてしまうあたし。

「(ず、ずるい！　いつもあたしの下ネタばっかり注意するけど……センパイのそういうのも、充分凶悪で、致命的なんですよ！　ま、まったく、よくもまあ、恥ずかしげもなく、いけしゃあしゃあと……！)」

だ、駄目だ、頬が熱い。なにこれ。こんなのおかしい。エロゲをやりまくったおかげで、今や下ネタには全く動じないあたしなのに……どうしてこのセンパイの無邪気な言葉一つで、こんなにも鼓動が速まるのだろう。納得いかない。悔しい。

あたしは尖らせた唇から大きく息を吐きつつ、顔をパタパタと手うちわで扇ぐ。

と、雨野センパイはなにやら苦笑い混じりに続けてきた。

「だから、同じように天道さんにもちゃんと正直に全部包み隠さず伝えて、誰にも後ろ暗い部分がない状態で遊べればと思っていたんだけれど……うーん、どうも難しいね」

「えっと、ゲス……じゃなくて、上原さんやアグー先輩にも、うちの姉の告白の件は話してないんですよね？」

「うん。まず最初に天道さんに直接二人で報告するのが仁義だと思っているからさ。だってさ……僕ら二人からじゃなくて、友達や周囲から、自分のカレシに他の女子が告白した件がじんわり伝わってくるのって、中々に最悪のケースじゃない？」

「まぁ、いやーな感じではありますよね……」

少なくともうちの姉の印象はすこぶる悪い。きっと雨野センパイは、そここそを一番気にかけているのだろう。

「だからこそ、天道さんにはできるだけ早く二人で直接、ちゃんと話したいんだけどなぁ……どうして上手くいかないんだか」

嘆息する雨野センパイに、あたしは今一度意見する。

「や、だからセンパイ、それは天道さんが……」

「かわしてるって？　コノハさん、フォローしてくれるのはありがたいけれど……大した根拠もなく、天道さんに責任を転嫁するのはちょっと気が引けるよ、僕」

「…………そう、かも、ですけど……」

流石のあたしもそれ以上はもはや反論の言葉を持たなかった。

気まずい沈黙が二人の間に流れる。分かってる。今日のあたしはしつこい。

しかし……あたしはやっぱり、どうしても自分の考えを捨てきれない。

「(姉と雨野センパイがモヤモヤしているのが可哀想というのは勿論あるけれど……それ以上に、あたしの直感がささやいているのよね。この問題には何か『致命的なすれ違い』が潜んでいるに違いないと!)」

そしてこの件の「真相」はきっと、使い方次第では……このあたしの切り札にもなり得る。そんな予感がしたからこそ、あたしは今日、無理を押して雨野センパイとの約束を取り付けたわけで。

けれど、これ以上雨野センパイからこの推理の素材を引き出すのは難しそうだ。

あたしは一つ息を吐いて「分かりました」と切り出した。

「この件については、これ以上部外者の身で余計な口出しをしません。すいませんでした、変なこと言って」

あたしが頭を下げると、センパイは焦った様子でわたわたと手を振った。

「いやいや全然！　心配して貰ったことに関しては本当に感謝してるよ！　なんかごめんね、僕達のどうでもいい、こじらせた『こだわり』に付き合わせて。……あ、そうそう、付き合わせたついでにもう一つ謝っておくと、なんか《MONO》さんや《のべ》さんの件でもコノハさんには無駄に苦労かけたみたいで、その、ごめんなさい」

ぺこりと頭を下げてくる雨野センパイ。あたしは一瞬きょとんと目を見開いたのち、くすくすと笑いながらそれに返した。

「なんでセンパイが謝るんですか。おかしな人ですね。騙されてた側なのに」

「いや、でも、僕のせいでコノハさんには随分お手数をおかけしたのではないかと……」

そう言い、これまでのあたしに対する行いを恥じた様子で頬を掻く雨野センパイ。

……なんだこの人。お人好しという言葉がぴったりすぎやしないか。テレビ番組で壮大なドッキリを仕掛けられても、ネタばらし直後にスタッフさんへ「お疲れ様でしたの差し入れジュース」を配りそうな勢いだ。

でも……これだ。これでこそ、雨野センパイだ。あたしの……あたし達の、好きになった人なんだ。隙だらけで、自信がなくて、変にこじらせてて……いつもまっすぐで。

あたしはボトル缶からコーヒーを一口呷って、ふぅと息を吐く。

「（なんか癪だけど、あの病んだ弟の気持ちが若干理解できてきたわ。うちも大概だけど、もしあたしがセンパイの妹に生まれてたら……きっと超過保護な妹になってた）」

うちの姉も相当駄目だけど、ああ見えて一応クリエイター的な観点で妙に自立した部分があるから、まだあたしも安心して見ていられる。しかし雨野センパイに関してはなんというか……特に人間関係の方面において、姉以上にチョロそうというか。

いや、でも、そこそこ「いい女」たるうちの姉の告白を即座に断れるあたり、案外精神的な軸はしっかりしているのか？　……いやいや、もし告白したのがあたしだったら、彼を力尽くで押し倒すことにより強引に、肉体的に関係を進めることができたのでは――

「こ、コノハさん、大丈夫ですか？　なんか鼻息荒くて目つきもヤバいですけど！」

「はっ！　すいません、ちょっと発情してました」

「突然なに言い出したんですか貴女。……まあいつも通りみたいで安心しましたけど」

「ちょ、あたしの『いつも通り』をどういう定義の仕方しているんですかセンパイ！」

「いやそんな不服そうにツッコマれましても。それがイヤだったら、普段から僕の前でもう少し真っ当に振る舞って下さいよ……」

「あ、ところでセンパイ、ボトル缶ってモノによっては結構卑猥なカタチしてません？」

「言った傍からこれだよ！」

センパイが呆れた様子であたしを見ている。……まあ、これでこそ確かに「いつも通り」よね。正直あたしも今、キャラを意識して若干無理矢理下ネタに持ち込んだとこあったし。

　あたしはセンパイに向かってニヤニヤと微笑みながら、テーブルの上のボトル缶を艶めかしく指先で撫でる。センパイはと言えば……もはや照れることもなく、大きくため息をついて遠くに視線を逸らしてきた。……まずい、あの純朴だった雨野センパイが下ネタに慣れてきてしまった。誰だ、こんな風に彼を汚したのは。…………あたしか。

　汚しついでに、あたしは久々にセンパイへとエロゲ話を振る。

「ところでセンパイ、最近シコいのありました？」

「何気ない日常風景の中の天気の話題みたいなテンションで切り出してきたなこの人」

「ちなみにあたしはないです。最近は全然ぴくりともこない」

「何に」

「なので最近のネタはもっぱら雨野センパイ一択ですよ」

「何のネタかは聞かない。絶対聞かない！」

「おかずですがな」

「あー！　あー！　あー！」

　耳を塞いで声をあげる雨野センパイ。あたしはぷくっと頬を膨らませる。

「……さっきから、なんですかセンパイ。まるであたしと同類じゃないみたいなリアクションばっかり」

「いや実際同類じゃないですからねぇ!?　というか僕って同類だと思われてたの!?」

「だってエロゲやるじゃないですかー」

「エロゲユーザー全員が貴女みたいだと思ったら大間違いだよ！　エロゲ好きって、何も『嬉々として性的にあけすけな会話する人』って定義じゃないからね!?　それに……僕はあくまで、物語やゲームとしてエロゲを楽しむ側の人間で——」

「ほほう、じゃあキャラの可愛さは要らないと？　へのへのもへじで、いいと？」

「……いや、そこまでは言わないし……そりゃ僕だって絵は可愛い方が……その……」

もじもじとしだす雨野センパイ。やばい、可愛い。これだからセンパイへのセクハラはやめられない。

実際問題、あたしだって普段はこんな下種な会話をしないし、したいとも思わない。それが雨野センパイ相手だとつい過剰になってしまうのは、彼がいちいち可愛いからだ。

あたしは思わず舌なめずりをすると、更に続けた。

「ところでセンパイって、そっち方面ではどういう嗜好なんですか？」

「いやなにその本格的なセクハラ質問」

「違いますよ。あくまで『ゲームレビュー』として聞いているんですよ。エロゲにおいて、『そういう部分』をセンパイはどう評価するのかと」

「ぐ……ずるい言い方を……！」

相変わらず「ゲーム」とさえ言っとけばチョロい人だ。

彼はしばらく困り顔をしていたものの……最後には、顔を真っ赤にしながらも、ぽつりとあたしに応じてきた。

「僕は……ふ、普通でいいけど……」

「普通とは」

「いや、だから、その、ホントに僕、凡人だからさ。話がいくら面白くても、そういうシーンで妙にアブノーマルなこと始まると、途端についていけなくなるというか……」

「ああ、以前あたしがちらっと言及した、どんなに草食系主人公でもHシーンで急にオラオラ問題と似たことですね。あれは確かに、ちょっとどうなのかと思いますよね。サービスとして正解でも、話やキャラとして一本筋が通らなくなるので」

あたしが同意すると、センパイはゲーム話に興がノッたのか、俄然食いついてくる。

「そうなんだよコノハさん！　普通に『いい話だなぁ』とホロリとしていた直後に、結ばれるシーンで主人公にいきなりハードな言葉責めとか始められると、僕はどういうテンションでそれを見ればいいのかホント分からないんだよ！」

「ありますあります。純愛話だったのに、そういうシーンで突然のように玩具持ち出してくる主人公とか見ると、このあたしでも八割ぐらいは引きますよ」

「二割は興奮するんだ。いやそれはともかく、ホントそうなんだよ。これぱっかりは、ギャルゲーにはなくてエロゲにだけある問題かもね。突然の特殊性癖問題」

「ですね。またそういうシーンって、色んな意味で『全てを曝け出す』場面なので、そこでの性格こそが本質だと思えちゃうんですよね」

「あんなに爽やかだった主人公が、実際は嬉々としてヒロインをロープで縛るヤツだったとは……みたいなね。いや、同意の上なら別にいいんだけどね……」

「ですね。センパイとあたしみたいに」

「また何言い出したこの人」

「や、ほらあたしって、こう見えて案外ドM趣味じゃないですか」

「知らないよ。というか知りたくなかったよ、友人のガチ性癖」

「で、センパイって、隠れドSじゃないですか」

「いよいよ貴女をセクハラと名誉毀損で訴える決心が固まってきましたよ僕」

「またまた照れちゃってぇ。ホントは楽しんでるくせにぃ。センパイったら、かーわい」

「セクハラ問題で身を持ち崩す人って、マジでこういう軽い意識なんだろうなぁ……」

「あ、だからセンパイ、今後あたしをおかずにする時は、今の情報考慮して下さいね」

「こんなにも忘れたいと思った攻略情報、僕、初めてだよ」

「ちなみにあたしの妄想の中でのセンパイは、えげつない言葉責めをしてきます」

「現実の僕のえげつない罵りは一切耳に届かないのに？」

「え？　なんですって？　メスブタ？」

「言ってないけど!?」

「…………あふ……」

「自己完結がすぎるよこの人！　もう脳内が充分ハッピーエンドじゃないか！」

「……ま、軽い冗談はさておき、ですよ」

「それ言っときゃ全部チャラにできると思ったら大間違いだからね!?」

細かいセンパイだ。いくらあたしでも、今の会話の本気成分は、たかだか九割程度だ。人を生粋の痴女みたいには思わないでほしい。

あたし達は互いにコーヒーと紅茶を飲み、人心地つかせる。

と、センパイはこほんと咳払いしてから「あのさ……」と切り出してきた。

「一応コノハさんに確認しておきたいんだけど、そのエロゲ趣味や下ネタ感性まで、チアキに頼まれて僕に合わせたキャラ付けってことは……」

そう、どこか不安げに訊ねてくる彼に対し。

あたしはおもむろに椅子から立ち上がると、両手で自分の腰あたりを指さし……堂々と宣言してあげた。

「安心して下さい！　はいてませんよ！」

「それはガチで洒落にならない痴女さんじゃないか！　あとネタ古くない!?」

激しくツッコんでくるセンパイ。コンビニ店員さんがチラリとこちらを見てきたので、あたしは着席しつつ彼に返した。

「というのは流石に冗談ですけど……でも、センパイにだけはちゃんと信じておいてほしいものですね」

「何を？」

「この星ノ守心春。心のパンツは、いつだって、はいてませんよ」

「そのキャラが演技じゃなかったことが残念でならないよ！」

「またまたー。エッチな美少女後輩が嫌いな男なんて、この世にいないでしょうに」

「………。……じゃあコノハさんは、下着をはいてないと豪語する他校の男子生徒に絡まれたらどう思います？」

「え、そんなの即通報ですよ。キモいわー。想像しただけでマジ寒気するわー」

「………」

センパイが半眼で睨んでくる。……スッと視線を逸らす、碧陽学園生徒会長。

「…………い、いや、でも、ほら、あたしって、可愛いから許され――」

「いやもういいですコノハさん。大丈夫、その辺が演技じゃなかったのは充分理解できましたから。もう口を閉じて下さい」

「ふむふむ……なるほどセンパイも鬼畜ですね。口を閉じる代わりに、股を開けと――」

「シャラップ！」

センパイの口から、恐らくは彼の人生で初めて使うであろう単語が飛び出した。こうなると、流石のあたしも多少はびびって口を閉じるよね、ええ。

そうして沈黙の数十秒が過ぎ、お互いテンションが落ち着いたところで、センパイがクスクスと笑いながら切り出してきた。

「……うん、でも、まあ、さっきはああ言ったけど……やっぱり安心したよ、そういうコノハさんが、本当のコノハさんで」

「いや、あの、悪ノリしておいてなんですけど、この辺のやりとりだけ切り取って『本当のあたし』と表現されるのもそれはそれで非常にシャクというか……」

あたしが困り顔をしていると、雨野センパイは心底楽しそうにひとしきり笑った後……その笑顔のまま、テーブル越しに白く柔らかそうな手を差し出してきた。

「というわけで、またこれからも『悪友』としてよろしくね、コノハさん」

「…………」

あたしは一瞬呆けてしまうも……次の瞬間には大きく息を吐くと、彼の手をぎゅぎゅうっと強く握り返して、応じたのだった。

「まったく、ずるい人ですね。……こちらこそ、よろしくお願い致します」

＊

コンビニを出てセンパイと別れたあたしは、そのまま素直に帰宅……はせずに、街方面へと足を向けた。

「（ちょっとゲームショップ覗いてみようかな）」

センパイとエロゲトークを繰り広げたせいか、妙にゲームが恋しい。碧陽学園の制服のままなのでエロゲコーナーにこそ入れないものの……今はなんとなく純愛モノをチェックしたい気分だったので、特に問題もない。

あたしは夕暮れに染まる街の中を、珍しく急がず、周囲の景色を楽しみながらゆったりと歩いていく。

「(最近ずっと忙しかったもんね……って、別に何もまだ終わってないんだけど)」

そのはずなのに、なぜか、今は肩が軽かった。よく寝たって、熱いお風呂に入ったたって、こうはならないのに。今はなぜかサッパリと爽やかな気分のあたしがいて。

「(久々に本音やら性癖やらを曝け出せたせいなのかな)」

でも、それだけじゃない気がする。その程度の安らぎなら、半裸でベッドにぐでーんとだらしなく横たわるだけで、毎晩得られているし。

「むむむ……」

不可解なこの現象に、あたしは思わず唸ってしまう。

というのも、生徒会やバイト、エロゲに妄想と……日々様々なことに精力的に励む星ノ守心春の消費エネルギーは極めて高い。だから、疲労の解消やら、元気の出し方、みたいなものには人一倍敏感であり。コーヒーやエナジードリンクを語らせようものなら、軽く三日は喋り続けられる自負があるぐらいだ。

だから、現在自分の体に、心に妙な活力が満ちている「理由」に関して、あたしはできるだけ詳細に把握したかった。コンビニで飲んだボトル缶のコーヒーが良かったのか、それとも一時的に生徒会活動から離れたのが良かったのか……。

ゲームショップへの道すがら、顎に拳をやり、悩みに悩むあたし。様々な要素を一つ一つ、過去の自分の状態と照らし合わせつつ、丹念に検証していく。

そうして黙々と考えること、約十分。

目的地たるゲームショップが見えてきたところで遂に自己研究を詰め切ったあたしは、導き出された結論を、ぽろりと口にしてしまったのだった。

「久々のナマ雨野センパイに強く性欲を刺激された結果、あたしの生命力が増したと」

「いやマジでくたばれよクソビッチが」

「…………へ？」

いつの間にか自分の背後に、凄まじい軽蔑の表情を浮かべた生意気ブラコン中学生——

——雨野光正が近づいてきていたとも、知らずに。

*

「な、なんであんたがこんなところに……」

あたしが驚愕に目を見開きながらジリッと後退すると、雨野光正は相変わらず全てを見下したような洒落臭い所作で前髪をかきあげ、嘆息混じりに返してきた。

「『なんで』はこっちの台詞ですよ。どうしてビッチは公道で堂々と『性欲』がどうこうとかって呟けるんですか。ああ、そうか、ビッチだからか。最悪ですねビッチ」

「ちょ、そっちこそ公道でビッチ連呼とかやめてくれる⁉　人聞き悪すぎるでしょ！」

「人聞きも何も、貴女の呼び名が『ビッチ』なんだから仕方ないでしょう？」

「あたしには星ノ守心春っていう、立派な名前があるわよ！」

「『星ノ守』とか名乗るのやめてくれます？　まるで千秋さんの関係者みたいだ」

「妹だよ！　こちとらガチで血の繋がった妹だっつうの！」

「……貴女を見ていると、遺伝子とやらがアテにならないことを痛感させられます」

「奇遇だね、あたしもだよ！」

どうしたらこいつに雨野センパイと同じ血が流れていることを納得できるというのか。

っていうか、マジで家庭環境どうなってるの雨野家。なぜこの弟とあの兄の感性が同時に育ったの。謎教育にも程がある。……我が家のことはさておき。

あたしが「ぐぬぬ」と睨み付けていると、雨野光正は……もうすっかりあたしに興味を失った様子でスタスタと横を通り抜けて行こうとする。あたしは慌てて彼を追いながら口を開いた。

「ちょっと！　年上の知り合いに挨拶もなく立ち去ろうなんざ、あまりに礼儀を欠く行動なんじゃないかしら？」

「……道ばたで性欲がどうこう呟いていたビッチに礼儀を説かれるとか……」

大きく嘆息する光正。あたしは更に責め立てる。

「まったく、お兄さんとは大違いね。彼の爪の垢を煎じて飲ませてやりたいわよ」

「それは是非望むところです！」

キリッとした表情で応じる光正。……やべぇ。雨野光正、相変わらず、やべぇ。

彼はこほんと咳払いをすると、歩きながらうざったそうにあたしを見る。

「ところで、オレにあまり付きまとわないでくれます？　内申に響くんで」

「響くか！　それに、ただ、あたしも行く方向が同じだけだよ！」

「？　女の子を物色しているお金持ちそうなおじさんなら、駅前が多いですけど？」

「キミの中のあたしって本気でどういうキャラなわけ⁉」

「え、そんなの――」

「あ、ごめんやっぱいい、聞きたくない」

あたしは額に手をやって彼の回答を遮る。……本気で頭痛がしてきた。あたしにとって鬼門すぎるでしょう……雨野光正。

あたしは少し距離を取りつつ彼の隣に並び、ゲームショップを目指す。

「……まさかとは思うけど、光正、アンタもゲームショップ行くわけ？」

あたしのその質問に、光正は目をまんまるくして驚く。

「え、もしかして、貴女もですか？　大人の玩具は売ってないはずですが……」

「アンタそろそろマジで殴るよ。……あたしは普通にゲーム見にいくだけよ」

「へぇ、ビッチもたまには人としての自我を取り戻すんですね」

「アンタの中での『ビッチ』って最早悪魔憑きか何かなの？　……もういいわ。でも、そういうそっちこそ、珍しいんじゃない？　兄と違って、アンタはそんなにゲームに興味ないんじゃなかった？」

あたしの質問に、光正は「まあそうですね」とフラットなテンションで応じてきた。

「別にゲームソフトには然程興味ないですよ。黙ってても兄が買ってくるんで」

「？　じゃあアンタ、なんで一人でショップに向かってるのよ」

「そんなの決まってるじゃないですか」

光正は「何を今更」といったテンションで、実に普通に告げてきた。

「警邏作業ですよ。兄がよく行く場所に、危険がないかの」

「やばい」

思わず口が動いてしまう。語彙が乏しすぎるけれど、もう、光正に対する感想は、あたしの中からそれしか出てこない。やばい。やばすぎる、この弟。なんなの。

あたしのドン引きにも構わず、光正は相変わらず普通のことのように続けてきた。

「まあゲーセンほど兄にとっての危険がある場所ではないですけど……でもほら、更なる危険人物に出くわす可能性もあるわけですし」

「なぜあたしを見つめて苦笑いを浮かべるか貴様」

「それに、聞けば兄が例の『恋人もどき』に声をかけられたのは、あのショップだという話じゃないですか。……オレがいれば未然に防げたものを」

ギリッ、と唇を噛む光正。あたしは思わず天道さんにフォローを入れてしまう。

「いや、でも彼女が雨野センパイに声をかけたことから、色々動き出したわけで……」

「ええ、兄の平穏を乱す馬鹿げた恋愛群像茶番劇が、ですね」

「茶番って……」

あたしが少しムッとしていると、光正は何か思い出した様子で「ああ」と続けてくる。

「ただ、そこから色々コンボが繋がって、最終的に千秋さんが兄に愛を告白したことについては、オレも非常に喜ばしく思いますけど」

「え？　光正、アンタなんでそれ知ってんの？　お兄さんに聞いたの？」

　驚いてあたしが訊ねると、光正は呆れた様子で首を横に振った。

「あの誠実な兄が、告白された自慢話をわざわざ弟にすると思うんですか？　これだからビッチは」

「な、なによ。じゃあどうしてアンタは告白の件を知って……」

「盗聴です」

「マジかお前」

　ガチでドン引きするあたしに、光正はにこりと笑う。

「冗談ですよ。兄を盗聴なんてこと、このオレがすると思います？」

「すっごい思う」

「まあ考えないことはないですけどね」

　ヤバい。ボケがボケとして機能しない人格って、相当ヤバい。

　しかし光正はあたしのリアクションなどまるで意に介さない様子で続けてきた。

「そこまでしなくたって、オレぐらいになれば兄の様子を見てれば大体分かりますよ。今日はなにか悩んでるなとか、嬉しいことがあったようだなとか、体温が36度5分だなとか、三秒後に脇腹を掻くなとか、現在の尿意は二十七パーセントぐらいだなとか」

「本人の性能が盗聴機よりヤバいってどういうこと？」

「まあそんなわけで、概ねあの日あったことの察しはついていたのですが……先程の貴女のリアクションで、確信を抱かせて頂きましたよ。ありがとうございます」

「あ……」

しまった。こいつあたしにカマかけて……ホント、マジでやりづらい。

あたしが思わず額に手をやると、光正が珍しく表情を曇らせて切り出してきた。

「しかし、参りましたね。まさかこのタイミングでチアキさんが告白なさるとは……」

「ああ……そこだけは珍しくアンタに同意だわ」

「そりゃあ、あんな意識高い系パツキンガチゲーマーより、聖母千秋さんの方が遥かに魅力的なのは自明の理ですけど……それでも他の女性と交際中だからと告白をキッパリ断れてしまうのが、我が兄の実に素晴らしいところなわけで！」

目をキラキラさせて語る光正。……こいつ、いよいよ人の姉をさらりと聖母扱いし出したな。将来兄のコピーを産ませる気まんまんすぎる。やべぇ。

光正には相変わらずドン引きだけど、あたしもまあ、概ねその意見には賛成する。

「まあ、それを言うならうちの姉こそ、あたしは心から尊敬するけどね。玉砕するの分かっていて、だけどケジメのために告白し、さらに断られても、それはそれと受け入れてすぐに前を向く意志を見せるとか……正直、我が姉ながら眩しすぎるわよ」

つい最近まで恋愛においては自分の方が何歩も先を行っていると思っていたのに……ふと気付けば、姉の背中は遥か遠く先にあって。

あたしが嘆息していると、光正が頷きながら続けてきた。

「ええ、兄も千秋さんも、本当に素晴らしくカッコイイと思います。それだけに、オレはやはり……この現状が、悔しくてならない」

「……そう、かもね」

「しかも聞けばあの恋人モドキ、なぜか最近兄と千秋さんのことを軽く避けているらしいじゃないですか」

「あ、そこはお兄さんから直接聞いたんだ？」

「いえ、この情報は、オレ独自のメンタリズムを用いることで、兄の言動や表情から勝手に算出したものです」

「アンタは最終的に何になろうとしているんだ」

その能力を他に向けていればきっと大成したろうに。現状ではただただ純然たる変態でしかないのが悲しい。

あたしの憐れみにも気付かず、光正は何か忌々しそうに強く鼻息を漏らした。

「それにしても、まったく、どうして兄の幸福や平穏をこうも乱すのでしょうね、恋愛の神様とやらは」

「や、あたしは別に、センパイが今不幸とまでは……」

あたしは思わずそう反論しかけるも、しかし、「恋愛がセンパイの平穏を乱した」という部分にだけは、多少共感できてしまう部分がなくもなかった。

「（駅での恥ずかしい告白やら、姉への対応やらもそうだけど……確かにセンパイは、天道さんと交際を始めてからこの方、『無理をして』いるのかもしれないなぁ……）」

生徒会の仕事に追われて趣味のエロゲがまるでやれない自分と、センパイの今の、ゲームより恋愛や友情に四苦八苦させられている状況が重なる。

……いや、別にあたしは生徒会の仕事が「無駄」だとは思っていないし、それどころか、そりゃエロゲをこなすよりは有益かつ有意義なことだとも思ってはいるけれども……。

でも必ずしも有意義なイベントが、怠惰で退屈な日常より幸せとは、限らないわけで。

そしてそう思っているのはきっと、センパイも、同じ。

「（光正の考えに乗るのはシャクだけど……天道さんとの交際に尽力する状況が『雨野景太らしいか』と訊かれると、確かにちょっと疑問だよね）」

そういう意味でも、やっぱり雨野センパイはお姉ちゃんと結ばれるのが――じゃなくて
っ、あたしと緩く交際するのがベスト！　休日には二人でエロゲして、更に、そのままリアルにエロいことに流れ込むとか、実に怠惰で幸福じゃあないの……ぐふふ……。

「む、今、兄への邪な妖気を感じましたよ。……これは近い！」

「アンタは一体何者なのよ！」

なんか光正の髪の毛の一部がピンと逆立っていた。

あたしは嘆息しつつ、目の前のショップ入り口へと目を向ける。

「とにかく話戻すけど、あたしはホントに軽くゲーム見にきただけなんだから、アンタはその警邏作業とやらをとっとと終わらせて出てってよね」

「言われなくてもそのつもりです。まあ、できれば今日中にビッチを豚箱にぶちこんでおきたかったですが……」

「罪状は何よ罪状は！」

「妄想淫行罪です」

「そんなことまで罪に問われたら、人類皆罪人になるわ！」

「その世界認識が既にビッチですが、まあ、確かに貴女を捕まえるには弱いですね」

「ほらみなさい。あたしは無実よ」

「はい、今日のところは。……次は現行犯で逮捕できるよう、駅前で張ることにします」

「いやあたし、金持ちおじさんに声かけたりしないから！」

「それでは、せいぜい残り少ないシャバの生活を楽しんで下さい、ビッチ」

「そんな別れの挨拶ってある⁉　ああ、もうっ、じゃあねっ、ブラコン中学生！」

あたしはプリプリと怒りながら光正と別れると、一路、ギャルゲーコーナーを目指す。

光正はと言えば、本当に店の端から警邏作業を開始していた。なにやら棚の角の丸みまでしっかりチェックしている。……ま、マジかあいつ……過保護ってレベルじゃないでしょ、これ……。

　まあ、いつまでも変態な弟を見ていても仕方ない。

　あたしはあたしで、気を取り直してギャルゲーの新作チェックを始めた。

「（少し見てない間に、また、知らないのが増えている……）」

　エロゲからの移植作ならまだしも、最初からコンシューマーで出るギャルゲーまでは流石のあたしでもチェックできていない。

「（こういう部分では、雨野センパイの方が詳しいのよね……）」

　エロゲ知識ならあたしの方が一段上だろうけれど、雨野センパイの「浅く広く」思想は案外馬鹿にできない。なぜなら結果的に、あたしの知らないジャンルの傑作や秀作に触れている可能性が非常に高いからだ。逆にあたしみたいな特化型が雨野センパイにオススメできるエロゲとなると、極めてマニアックにならざるを得ないわけで。

あたしは順番にギャルゲーのパッケージを手にとり、ふむふむと裏面を眺めながら、雨野センパイへと思いを馳せる。

「(だからゲーム好きからモテるのかも、雨野センパイって。相手がゲームが好きでさえあれば、案外誰とでも楽しく喋れるのよね、あの人って)」

しかもそこに嘘や建前がまるでないから、喋り相手としては非常に心地好い。だからこそ元来ガチなゲーム嗜好を持つ天道さんとも、なんだかんだ上手くやれているのだろう。

そんなことを考えながら、次のギャルゲーを手に取る。「きんいろ小細工2」とやらだ。これもあたしはよく知らないけど……まあまあ、面白そうだ。ただ金髪のヒロインばかりなせいか、どうにも天道さんが連想されて仕方ない。

あたしはパッケージ裏面に書かれた「平凡な少年が学園のアイドルに近づくため努力する」的なあらすじを読みながら、思わずあの二人のことを考えてしまう。

「(でもそれって……雨野センパイ自身は、本当に、楽しいの？　やっぱり……彼に本当に似合うのは、天道花憐ではな――)」

そんなことを、考えた矢先のでき事だった。

「あら、心春さん？　こんにちは、こんなところで会うなんて、奇遇ですね」

背後から、突然聞き覚えのある声が飛んできたのは。

恐る恐る振り返ると、そこに立っていたのは――まさに今思い浮かべていた、ブロンドの天使。

「て、天道……さん」

あたしの手から、「きんいろ小細工2」の空パッケージが、するりと滑り落ちた。

＊

「あ、ごめんなさい、驚かしちゃって」

そう言いながら慌ててしゃがみ込み、あたしの落としたパッケージを拾ってくれる天道さん。あたしがハッとして「す、すいません」と謝罪しつつパッケージを受け取るべく手を伸ばすと、天道さんは……なぜかそれをすぐ渡さず、立ち上がり、ジッと見つめ始めた。

「て、天道さん？」

あたしが動揺していると、天道さんは「ああ、ごめんなさい」と何かはにかむように笑いながらパッケージを手渡してくる。

「今の状況がまるで、雨野君と私が初めて喋った時みたいだったから」

「え？」

「いえね。私が雨野君に初めて声をかけたのが、ここで、彼がそのシリーズの第一作目を手に取ってたタイミングだったから……その時のこと、思い出してしまって」

「ああ……そ、そうなんですか」

あたしはそんななれ初めを聞きながら、パッケージを棚に戻す。と……。

「（げ）」

棚の隙間から、光正がこちらをギラギラと窺っているのが見えた。棚を挟んであちらの列から、あたし達を偵察しているらしい。

あたしがげんなりしていると、天道さんが首を傾げてくる。

「？　どうかされましたか、心春さん？」

「あ、いえ……なんでもないです」

光正のことを隠してやる義理もなかったが、明かしたところで誰も得はしないだろう。

光正が悪態をつき、あたしをビッチ呼ばわりして、ついでに天道さんも軽く攻撃対象になるだけだ。……何度考えてもロクでもないな、雨野光正。手札に入るだけで邪魔とか、ババ抜きのババか。

あたしは大きく息を吐くと、なんとか心を整え直して、天道さんに笑顔を向けた。

「ホント奇遇ですね！　天道さんは、よくここに？」

「ええ、そうね。割と使わせて貰っていますよ」

「へー、そうなんですか」

「ええ」

「…………」

「…………」

会話が終わってしまった。……よく考えたら、あたしと天道さんの二人で、何を話せと言うのか。また店内にはあたし達（と光正）以外に客が見当たらず、店員もなにやらレジ奥で作業中のようで、まるで沈黙からの逃げ場がない。

天道さんは少し困った様子の笑顔を見せると、「そ、それじゃあ」と早々に場を切り上げにかかってきた。

「私は、これで。さようなら、心春さん」

「え、あ、はい、さようなら……」

あたしもそう手を振りかけるも……その時、どこからか強い眼差しを受け、背筋に悪寒が走った。慌てて確認すると……棚の隙間から、光正が目で指示を出してきていた。

「(この女が兄と千秋さんを避けさける理由を、聞き出せや、ビッチ)」
「(あ、アンタねぇ……！)」
なんであたしがこいつのために……！　とは思ったものの、悔くやしいけど確かにその辺は
あたしも知りたい情報だ。……仕方ない。
あたしは慌てて天道さんを呼び止めた。
「あ、ちょ、ちょっと待って下さい天道さん！」
「？　あ、はい、なんでしょうか」
去りかけた足をとめ、くるりと振り返る天道さん。ゲームショップ内できらりと煌きらめく
ブロンド。……いよいよ美少女ゲームから抜け出してきた感あるな、この人……。
あたしは彼女の神性に思わず気圧けおされかけながらも、なんとか次の言葉を紡つむぐ。
「あの……なんというかですね……その……あ、姉が最近、貴女に……天道さんに避けら
れている気がする、と悩なやんでいるようなのですが……ぶっちゃけ、そこのところ、如何いかがで
しょうか？」
色々考えてはみたものの、結局ド直球の質問になってしまった。しかしこればっかりは、
回り道のしようもない。
あたしの質問に、天道さんは透すき通ったブルーの目を大きく見開き、「え、あの、それ

は、えっと……」と明らかに動揺した様子を見せてくる。正直なとこ、ちょっと可哀想だ。流石のあたしでも、自分が踏み込みすぎなことくらい分かる。

あたしは慌てて取り繕う。

「あ、いえ、気にしないで下さい天道さん。あの、妹として姉を心配しすぎなだけですから、はい。さっきはああ言いましたけど、姉自身は、悩んでいる、という程じゃないと思います。なんとなくそんな気がする……程度の雑談を、あたしが大げさに——」

そんなフォローをしている間も、終始光正からは「もっと踏み込め」という視線の圧力が飛んできていたものの、あたしはそれを無視。

一通りフォローを入れたところで「じゃあ……」と今度はこちらからその場を立ち去るべく、いそいそと足を踏み出す。が……。

「ま、待って下さい、心春さん！」

「へ……？」

意外にも今度は天道さんの方から呼び止められた。驚きながら振り返ると、天道さんはなぜかモジモジとした様子で頰を赤らめている。

「あ、あの、すいません心春さん。その……逆に私からも、千秋さんの妹さんである貴女に、訊きたいことが、ありまして」

「は、はぁ。天道さんがあたしに……ですか？」

状況がサッパリ掴めず首を傾げるあたし。

一方天道さんはといえば、咄嗟にあたしを呼び止めたはいいものの、未だ何か本人の中で迷いがあるらしく、そのまま逡巡の表情で黙りこくってしまった。

しかしあたしはそれを、根気強く待つ。天道さんのためにというより、姉のため、ひいてはあたしのためにも。

棚の向こうでは光正もまた、目をギラつかせて状況を見守っているようだ。……お前は帰れ、変態。

そうして沈黙のまま、たっぷり十秒は経過したところで。

天道さんはいよいよ何やら決意を固めた様子で顔を上げ……あたしの目を正面から見据えると。

何やら緊張の面持ちで、意外すぎる質問を繰り出してきた。

「あ、貴女から見て、千秋さんと雨野君は『両想い』に見えますでしょうか!?」

「はい!?」

まるで想定外にも程がある質問に、素っ頓狂な声を上げてしまうあたし。棚の向こうからは「雨野景太×星ノ守千秋推しが過ぎるカプ厨」こと雨野光正が前のめりになる気配が漏れてきた。……ホント帰れよお前。美人女子高生二人の会話をゲームショップの棚の隙間からハァハァ盗み聞く中学生（兄ＬＯＶＥ）とか、もう事案レベルの存在だよ。

あたしは光正という名の妖怪を意識の外に追いやりながら、改めて天道さんへと訊ね直す。

「あの……そ、それは一体、どういう意図の質問なのでしょうか？」

「ああ、ごめんなさい。そうよね。雨野君のカノジョに突然そんな質問されても、貴女も答えに困るわよね」

「え、ええ……そうですね」

ん、今この人、若干センパイのカノジョアピール放り込んで来なかった？　あたしの心が汚れてるだけ？　軽い牽制に聞こえたの、あたしだけ？

「（……あ、いや、今、天道さんによる『雨野君のカノジョ』発言を、棚の奥で光正が鼻で笑ってたわ。やばい、あたし、あいつと同レベルの心の汚れ方なのか。反省）」

反面教師としては百点ね、あいつ。

あたしが光正の方を呆れながら見ていると、天道さんが突然、割と念入りにあたりの様子を見回し始めた。どうやら込み入った話をしたいらしい。

一瞬あたしは光正が見つかるんじゃないかとぎくりとしたものの、彼は上手いこと天道さんの死角だけを狙って足音もなく店内を高速移動し、難なくピンチを乗り越えていた。

「（……ゴキブリかお前は）」

高性能の変態って、なんなの。エロゲ好きの生徒会長も大概だと思ってたけれど、あいつ見てると自分が本気で真人間に思えてくるから不思議だ。

天道さんはしっかりと店内に自分達以外の人間がいないのを確認すると（大型のゴキブリはいるけど）、更にあたしの方へ一歩距離を詰めてきた。もう放課後だというのに、彼女の髪からは洗い立てみたいにふわりとシャンプーのいい香りがする。……マジでなんなのこの人。天使すぎて逆に腹立ってきたわー。

しかし天道さんは私のそんな鬱屈した感情にも気付かず、真剣な面持ちで説明を切り出してきた。

「実はですね……例の皆で《GOM》に励んだ日の夜に、私、偶然立ち会ってしまったんですよ」

「立ち会ったって……何にですか？」

姉の玉砕する場面にだろうか？　いや、だとしたら「両想い」に見えるかなんて質問は出てこないような……。

ただでさえ先が読めない話に困惑しきりのあたし。

しかし天道さんは……そこに、更なる爆弾を投下してきた。

「……貴女のお姉さんと、雨野君の、カップル成立の瞬間にですよ」

『はぁ⁉』

これにはあたしどころか、棚の奥から光正まで素っ頓狂な声をあげてしまっていた。が、完全にあたしとドンピシャでリアクションが重なっていたため、奇跡的に天道さんにその存在を察知されなかったようだ。

目を白黒させるあたしに、天道さんは補足説明を続けてくる。

曰く、天道さんはあの夜、期せずして、センパイとお姉ちゃんの会話を盗み聞きしてしまうハメに陥ったらしい。詳しい事情に関しては「いつもの」で省略。

で、その盗み聞きしてしまった会話というのが、完全に「交際を始めた二人の会話」であったようで。しかも最終的には「天道さんに、ちゃんとけじめをつけよう」という残酷な結論に落ち着く始末。

で、当然天道さんとしては「冗談じゃない」となり、結果、今現在、彼女は二人からの「改まった話」を避けるカタチになってしまっていると……要はそういう話だった。

「…………う、うーん……」

解釈に困ったあたしは、思わず唸ってしまう。

……うん、まあ、流れとしては、分かる。天道さん単体の話の、流れとしては。

ただ問題は……あたしが、既に、お姉ちゃんとセンパイの両名からも、この話の正確な顛末を聞いてしまっていることで。

あたしは思わず額に指を当て「ちょっとしばらく整理させて下さい」と天道さんに断ってから、この件に関する推理を始める。

「(これは……なに、どういうアレなの?)」

もし天道さんの話を全面的に信じるならば、雨野センパイとお姉ちゃんが本当は「できている」のに、二人してあたしに嘘をついているということになるけど……。

「(それは絶対ないわね)」

その可能性は即座に却下。そんなに器用な嘘や隠し事をしれっとできる二人じゃない。

となると、歪んでるのはやはり、天道さんの認識の方、ということになってくる。

「(つまり、あれよね。二人が告白についてのけじめ話をしていたのを、このポンコツブロンド女は、相変わらず見事なミラクルで『カップル成立話』と勘違いした、という真相でOK? いや…… いくらなんでも、天道花憐という女がそんな間抜けなわけ……)」

あたしがそう推理を改めようとしたその矢先、問題の天道花憐は実にアンニュイな表情でふぁさっと前髪を梳いてきた。

「ふぅ。……私って、昔からこうなのよね」

「こう、とは」

「察しが良すぎて、逆に可愛げのない女、というのかしらね……自分で自分が怖いわ」

「（あ、間違いなくポンコツだこの人）」

これはもう、この人の独り相撲で間違いないわね。推理確定。と、棚の向こうからも何かを小馬鹿にして鼻で笑った気配が漂ってくる。……くそ、あいつと同じタイミングで同じ結論に至ってしまった感があるわねこれ。性格の悪さレベルが同じなのかしら。実に腹立たしい事実ね。

まあなんにせよ、これで概ね事情は把握できた。あたしが「なるほどね」と呟いていると、天道さんが改めて話を切り出してくる。

「ただ私、この認識に絶対の自信があるかというと、そうでもないのですよね」

「というと？」

「やはり最も不可解なのは、雨野君の対応です。だって雨野君ってほら……」

「なんです？」

突然何か言い淀んで頬を赤らめる天道さんに、首を傾げるあたし。

天道さんは……きゃっと火照った頬に手を当てつつ告げてきた。

「この私天道花憐のことが、好きで好きで仕方ない最高のカレシさんじゃないですか」

「うぜぇ」

おっと思わずモノローグじゃなくて実際に口にしてしまった。が、幸か不幸か、現在絶賛脳内がお花畑中の天道花憐の耳には届かなかったらしい。

彼女はきゃっきゃと一人で盛り上がりながら続けてきた。

「心春さんも見たと思いますけど、この間の彼の告白は素晴らしかったですよねー」

「え、ええ……そ、そうですね……」

「ちなみに、あの時の彼の発言、全文文字に起こしてあるんですが、見ます？」

「見ません」

「あ、私が特に気に入っているのは、このあたりのくだりでしてね……」

「だから見ませんって！　スマホをぐいぐい押しつけて来ないで！」

「そ、そうですよね。心春さんって、独り身でしたよね。配慮が足りませんでしたね」

「なにその『まきびし』撒いてくようなイヤな引き下がり方！」

あたしが呆れていると、天道さんはポケットにスマホをしまい、こほんと咳払いしてから話を戻してきた。

「つまり、雨野君が私に向けて下さる愛情や誠実さに関しては、私はあまり疑っていないというか、むしろ信頼の気持ちの方が強いぐらいなんですね」

「ああ……はい」

それに関してはイヤというほど伝わってきましたよ、ええ。

「なのに、結果として彼は星ノ守さんの告白を受け入れてしまっている。……これは実に不可解です。なにかがおかしい」

「まあおかしいですよね。なにかが」

天道さんをジッと見ながら告げるあたし。しかしその意図に全く気付かず、こくりと真剣な眼差しで頷く天道花憐。

「そこで、現状私が考えうる解釈は二つ」

彼女はそう言ってピースサインの如く指を二本立てる。……なんか馬鹿っぽい。

「まず最も可能性が高いのが……雨野君が星ノ守さんに『気を遣った』結果、上手く告白を断れなかったという解釈です」

いや、普通に貴女の勘違いという解釈が一番可能性高いはずなんですが、それは考慮の外ですか、そうですか。

天道さんは一人、真剣に推理を続ける。

「これは誰にとっても非常にまずいケースよ。このまま二人が私に『けじめ』をつけて正式に交際をスタートさせようものなら、雨野君は……本当は私のことが大好きなのに、同情心から星ノ守さんと付き合うことになってしまうわ。これは星ノ守さんにとっても悲しいことね。だって彼は、本当は私のことを愛しているのですもの」

「あ、はい、そうですかー」

耳をほじほじしながら聞き流す私。棚の奥では光正も耳をいじっていた。

しかしそんな私達のいい加減な対応に反して。

天道さんはと言えば……そのまま突然、何か思い詰めたように、俯いてしまった。

何事かと思って様子を見守っていると、彼女は、ゆっくりと力なく切り出してくる。

「そしてもう一つの……限りなく可能性が低いけど……そう思いたいけど……本当はずっと私の心の片隅に引っかかっている解釈が……あって……」

「……なんですか？」

あたしが次の言葉を促すと。

天道さんは……力なく笑って、本当は口にもしたくもないのであろう、その「解釈」を、あたしに打ち明けてきた。

「星ノ守さんと雨野君が、本当に両想い、だという解釈です」

「…………」

その悲痛な笑顔に、あたしは思わず言葉を失ってしまった。……とてもじゃないけど、今までみたいに「馬鹿な勘違い女」と彼女を嘲笑うことは、できなくて。

「……もし、そうだとしたら……。私のやっていることって……この『逃げ』って……やっぱり最低で、みっともないにも程がありますよね……」

「…………」

思わずちらりと光正の居る方を見てしまう。が、こんな時に限って、彼の表情は見えなかった。……なによ……あたしより、意地悪い顔でも覗かせておきなさいよ……。

天道さんはそこまで語ったところで、改めて、最初の質問をあたしに繰り出してくる。

「ねぇ、心春さん。貴女から見て……お姉さんと雨野君は『両想い』に、見えますか？」

「…………」

ごくりと、唾を呑み込む。

……だって、あたしは、気付いてしまったから。

これは、あたしにとって、またとない、千載一遇のチャンスだということに。

「(もしかして今あたしって……この恋愛における生殺与奪の全てを、握ってる？)」

気付いてしまったあまりに大きなその事実に、ぶるっと小さく肩が震える。

「(あたしは今……全てを、どうとでも、できるんじゃないの？)」

天道さんを勇気づけてあげることができるのは、勿論だけど。

逆に姉と雨野センパイが本当に両想いだと強く証言すれば……天道さんとセンパイを破局させることも、簡単で。

そしてそうすれば、今度はそのまま姉を応援することもできるし。

それ以上に。

あたしが、このままセンパイを奪うことだって——可能。

「(全てが思いのままに……)」

——体の震えが止まらない。思考がまとまらない。

思えばこれまで、あたしは……星ノ守心春という人間は、この恋愛劇において、常に、どこか一歩、蚊帳の外だった。

他校だから。出遅れたから。学年が違うから。星ノ守千秋の、妹でしかないから。

理由は様々だけれど、なんにせよ、雨野センパイの心から一番遠いのは、明白で。

……ずっと思っていた。

もし、雨野センパイの本当のぼっち時代に、最初に、あたしが出会えていたらって。

きっとあたしと雨野センパイは、今みたいになんだかんだ馬鹿なやりとりしつつも……

最後には、幸せで退屈で……楽しい恋人関係を築けていたんじゃないかって。

そうならなかったのは、偏に、ただ、タイミングが悪かっただけなんじゃないかって。

……そんなの、恋を諦める理由としては、最低すぎて。諦められるわけ、なくて。

でも、今。

あたしは。星ノ守心春は。


雨野センパイの全てをリセットして、自分が一番になるチャンスを、手にしていて。


「せ、センパイは……雨野センパイは…………」

あまりに突然のでき事に、唇が震える。

……迷うことなんか、ない。あっちから、あたしに意見を求めてきたんだもの。あたしは、あたしの見解を言うだけ。何も悪いことなんかない。

自分の恋に邁進することの、どこに、悪があるというのか。

あたしの中で、自分が過去に姉へ向けて放った言葉がリフレインする。

「あたしの恋は……あたしが、自分で、育てる」

そうだ。それでいい。それがあたしの信念だ。

それにこれは何も、あたしだけにメリットのある話でもない。

棚の向こうで耳をそばだてているであろう光正だって、兄の破局を望んでいるだろうし。

それになにより……うちの姉だって、一時的にでも雨野センパイがフリーになるのは、
大歓迎のはずだ。勿論、その後はあたしがかっ攫うつもりだけど。

そう、何も間違ってなどいない。……そうよ。だから、やるのよ、星ノ守心春！

「…………」

あたしは決意を固め、胸を張ると。

不安そうに揺れる天道花憐の瞳を正面から見つめて。

堂々と。笑顔で。

あたしの内から沸き上がる欲望に忠実に従い――

――その回答を、告げたのだった。

「雨野センパイは……ちゃんと天道さんのことが大好きに、決まってますよ」

＊

「(アホかぁああああああああああああああああああああああああああ!?)」

運命の瞬間から約十分後。すっかり上機嫌になった天道さんの帰宅を見送ったあたしは、ギャルゲーの棚に両手の指先をかけ、俯き、盛大にため息を吐いていた。

「(どうして!? どうしてやらなかったのよ、あたし!? 馬鹿なの!? 死ぬの!? チキンなの!? 偽善者なの!? なんにせよ、もう、勘弁してよ十分前のあたし！)」

自分で下した決断のはずなのに、そうした自分の動機が今はまるで分からなかった。

「(なにやら妙な信念の下動いた気はするけれど……)」

でも今は、それがなんだったのか思い出せない。そもそも十分前の自分にさえ、言語化できていない動機だった気がする。

「(そんなもののために自分と姉の恋のチャンスを棒に振るとか……どうかしてるわよ、あたし……)」

更にため息をつきつつ、ぼんやりと目を開ける。と、目の前の棚には「きんいろ小細工

2」のパッケージが置かれていた。

「…………」

あたしは棚から身を離すと、なんとなくパッケージを手にとって、再び眺める。

「(……選択肢、確実に間違ってるわよね……これ……)」

ギャルゲーやエロゲーをこんなにやっているのに、どうして、実人生でこんな初歩的な選択ミスを犯すのか。ゲームから何も身についてないにも程がある。けれど……。

「おい」

「ん？」

ぼんやりとパッケージを眺めていると、突然横から声をかけられた。見れば、そこにはいつの間にか棚を回り込んできたらしい、光正の姿が。

相変わらずしかめっ面した変態中学生に、あたしは「はいはい、わーってますよ」とへらへら笑って応じる。

「なにしてんだ痴女、使えねーな痴女、みたいなこと言いたいんでしょ？　悪かったわね、お兄さんを天道さんと破局させてあげられなくて。あたしだって、そんなの——」

そう、あたしがやけっぱちで応じた、その時だった。

彼——雨野光正は、そんなあたしの横を通り抜けつつ、小さく、呟いた。

「馬鹿だな、お前は。…………………まるでどこかの、こじらせた兄だ」

「へ？」

イマイチちゃんと聞き取れなかったものの……その声が光正にしては珍しく柔らかいことに驚いたあたしが思わず振り返る。

と、光正は、こちらに背を向けたまま……今度はすっかりいつもの厳しい声音で、あたしに別れの挨拶を告げてきたのだった。

「じゃあな、痴女ノ守センパイ」

「誰が痴女ノ守だ！　おいこら光正！　ちょっと！」

あたしの抗議に構わず、スタスタ去って行く光正。…………たく。なんなのよ……。

……まあ、でもおかげで、自分の馬鹿さ加減への落ち込みスパイラルから抜け出せたけどさ。…………うん。

「…………さて、折角だから、これ買って帰るか」

あたしは「きんいろ小細工2」のパッケージを手に取ると、それをレジに持って行く。

店員さんがカウンター奥から製品を取り出してくるのをぼんやりと待っていると……あ

たしはふと、あることに、気がついた。

「そういや、あいつ、あたしに『センパイ』なんて敬称つけたの初めてだな……」

まあ痴女は全然取れてなかったけど。それでも進歩っちゃ進歩な気はする。…………。

……なんで進歩したのかは、全然分からないけど。

と、店の奥から店員さんがソフトを持って戻ってきた。

「お待たせ致しました。こちらでよろしかったでしょうか？」

「はい、大丈夫です」

あたしはそう応じて、笑顔で会計を済ませると、鞄に商品を入れ、店を出る。

そうして、沈みかけの夕陽に向かって一人歩いていると……不思議と、もうあまり落ち込んでいない自分に気がついた。

むしろ今は、新しく買ったゲームへの期待で一杯なぐらいで。

「（恋愛に徹しきれない、中途半端な生ぬるい日常も……まあ、悪くはないよね）」

あたしは自分の単純さに苦笑いをすると。

今日も呆れる程に平凡な放課後を、ゲームと共に、終えていくのであった。

【ゲーマーズと旅支度】

カノジョ持ちで、イケメンの友人がいて、その彼女の恋愛相談にも時折乗ってたりもする上、最近はカノジョ以外の女性に告られたりなんかまで、しちゃってる。

キミ達はそんなリア充の頂点みたいな男の名を、知っているかい？

え、知らない？　そうかぁ、キミ達ぼっちだもんね。ネットニュースは逐一チェックできても、リア充界の情報仕入れ先が皆無な、ある種の情弱だもんね。仕方ないか。

じゃあ、そんなキミ達に紹介してあげよう。

どうもどうも、この僕こそがリア充の王、略してリア王の雨野景太です。

いやー、正直最近は人気すぎてまいるよねー。忙しいわー。趣味の暇ないわー。あんま寝てないわー。

まあ、でも仕方ないよね。だって人気者なんだもの、僕。

ほら、キミ達みたいなぼっちには分からないかもしれないけど、まあ人付き合いって大変なんだよね。

友達の遊びに付き合ったり、カノジョとデートしたり、誰かの相談に乗ったり？

やー、肩こるわー。飲食費がかさばるわー。もうキミ達みたいにゲームとアニメとコミックだけに金使ってらんないんだわー。まいるわー。ホントまいるわー。

いやもうこうなってくると、逆に……逆にね？　自分の時間をたっぷり持てる、ひきオタぼっちオタク共——おっと失礼、キミ達みたいな趣味に生きられる自由な人種が羨ましいって感じだよね。

かわってほしいわー。女にはもう飽きたわー。逆に一人でゲームとかしたいわー。

ま、僕以外にこの立ち位置の務まるヤツなんて、やっぱそういないんだけどね！

ＨＡＨＡＨＡＨＡ！

だってほら、キミ達と僕の一番の違いってさ……こう言っちゃなんだけど、「人間力」ってヤツなわけじゃん？

カノジョも、友達も、僕に告ってきた女子もさ。まあ、なんつうの。

雨野景太という男の溢れる魅力に引きつけられて、近くに寄ってきてくれたわけで。

だからぶっちゃけ、誰でも代われる立ち位置じゃあ、ないんだよね。悪いね。なんか希望持たせちゃったみたいで。ひきオタぼっちこじらせれば、誰でもこうなれるとかって話じゃ、ないんだよ。そんなうまくいくのはラノベだけ。もしくは、僕みたいな「本物」だけなんだよね。

さて、じゃあそろそろ、僕は行くね。多忙なもんで。

え？　どこにって？

そんなの決まってるじゃないか。

この僕をリア充の神と設定したモノローグ世界を抜けた先の、現実の世界。

つまりは、十一月某日の二年F組、修学旅行の班決めタイムという——

「じゃあどこか、一人あぶれた雨野君を入れてくれる班、ありませんかー？　ないですかー？　それでは代表者じゃんけんで負けた班が雨野君を引き取るということで！　はーい、ブーイングしなーい！」

——この世の、地獄に。

*

「もう死にたい……」

例の班決めHRがあった直後の休み時間。机に突っ伏し鬱々と呟く僕に、前の席へ座った上原君が苦笑交じりにフォローを入れてきた。

「おいおい、死にたいとか、軽々しく使うべき言葉じゃないぜ、雨野」

「……大丈夫上原君。今の僕のこれは……軽々しく使ったわけじゃ、ないから」

「余計問題だわ！　おい、雨野。そんな落ち込むなよ……」

「薄情な裏切り者は黙っててよ。僕の獲得に名乗りを上げてくれなかった上原君」

少しだけ顔を上げてギロリと睨むと、上原君は僕から視線を逸らして頭を掻く。

「い、いや……オレはお前を班に入れたかったんだけどよ。うちの班、既に定員オーバー気味でな。流石に他の班員追い出してまでお前を入れられる空気では……」

「上原君はそういうヤツだよね……」

「ぐ。じゃ、じゃあお前が逆の立場だったらどうよ？　お前の班にオレが入ったら、天道やら三角あたりが抜けなきゃいけない……みたいな状況でも、オレを誘えるのか？」

「ごめんね上原君。達者で暮らしてね」

「そういうヤツだよな、お前も」

呆れたように僕を見る上原君。僕はため息を吐くと、いい加減うじうじと落ち込むのをやめ、机から顔を上げた。

そうして「実際さ」と、苦笑気味に今の僕の素直な心情を上原君に吐露する。

「変な話だけど、これはこれで、良かったかなと思っているんだ、僕」

「これはこれって？」

「クラスでの扱いが、まあ、未だにこんな感じなことっていうのかな」

僕は教室を眺めるように視線を動かす。男子二人組が、僕のほうを見て先程の醜態をつまみにクスクスと談笑していた。……被害妄想じゃなくて、割とガチのヤツだ。凹む。

と、上原君が露骨に眉をひそめ、彼らにガン付け出してしまった。まずい。

僕は慌てて話を戻す。

「や、いいんだって上原君。実際ネタになるような人材だもの、僕」

「だけどお前……」

「それにさっきも言ったけど、なんか、シャキッとさせられるんだよね……やっぱり。このクラスに、いるとさ」

「シャキッと？」

「うん」

僕はぽりぽりと頬を掻きながら続ける。

「最近はほら……上原君がこうして喋りかけてくれたり、なにより天道さんとお付き合いさせて貰ったりしててさ……僕、ともすれば、調子に乗ってしまいそうだったんだよ。自分もようやく『何か』に、なれた気がして」

「何か、ね」

抽象的な表現だったにもかかわらず、意外にも上原君は疑問を差し挟まず受け入れてくれた。……高校デビュー経験のある彼にも何か思うところがあったのかもしれない。

「天道さんの彼氏たる雨野景太だったり、ゲーム同好会の雨野景太だったりさ。そういう……肩書きというか、役割というか、居場所というか。そんなのを、貰った気になっていたんだ。……皆が、優しいから」

「いや、実際そうだろ。お前は天道の彼氏だし、ゲーム同好会の雨野景太だ」

「そうなんだけどね。でも……それはやっぱり、天道さんや上原君、それにチアキやアグリさんに貰ったものであって、僕自身が努力して勝ち取り、身につけた役割や肩書きじゃ、ないんだよ。それが……皆の庇護がないこのクラスにいると、ちゃんと、分かるんだ」

僕は結局のところ、まだ、何者でもない。チアキみたいにクリエイターでも、上原君みたいなムードメーカーでもない。

まだまだ、ただの……クラスの隅っこにいる、引っ込み思案の雨野景太だ。

なのに天道さんや上原君と楽しく喋っていると、ついそれを忘れてしまう。まるで自分まで何者かになれたような気になってしまう。さっきの現実逃避みたいに……鼻持ちならない調子こいた僕が姿を現しかける。だから……。

僕は、上原君に微笑みかける。

「僕の鼻が伸びそうになると、このクラスはすぐ折ってくれるからね。その意味では、本当に感謝しているんだよ」

「お前のこじらせ方が、なんか凄ぇな。そのうち万物に感謝捧げそうな勢いだな」

「まあ……とはいえ、あまりに根元から折りに来すぎだけどね、このクラス……」

はぁ、と肩を落とす。まあ……全部僕の責任だけどさ。

実際、上原君以外のクラスメイトとは未だにまるで親しくなれていない。以前は、上原君グループとどんとん拍子にお近づきになれるんじゃないか、なんて甘い幻想を抱いたものだけど……まあ、結局はこうして以前と変わらない棲み分けができてしまっていた。

上原君が嘆息しながら話を戻してくる。

「で、結局お前、鏑木のグループに入るんだったっけ」

「うん、そうなったよ」

ちらりと教室の端にたむろする男子三名のグループに視線を向ける。と、彼らもまた何やらこちらを見ていたらしく、視線がバッティングした。彼らは僕を小馬鹿にするような含み笑いをした後、次に三人で目を合わせて、なにやらケラケラと笑い始める。ちなみに、三人の中心で机にふくらはぎを乗せて椅子をグラグラやっているやや小太りの人物が、グループの中心人物、鏑木左近だ。

マイルドヤンキー……いや、マイルド・マイルド・ヤンキーとでも言うのだろうか。常に全てを小馬鹿にしたような目つきで、周囲にも威圧的態度を取ってはいるものの、実際に暴力をふるったり、誰かと正面切って衝突することはない。

常にあの男子三人組で行動しており、周囲には排他的。だから上原君みたいなリア充タイプともまたソリが合わないようだ。クラスの弱者たる僕との関係性は……まあ、言わずもがなだろう。雨野景太は、彼的に実に丁度いいおつまみだ。

上原君がげんなりした様子で話を続けてくる。

「で、そこにお前自身と、さっきお前を笑っていた村田達二人を入れての、男子六人グループか。……こういっちゃなんだが……地獄だな」

「い、言わないでよ……」

クラスの中でも特に僕へのあたりというか、蔑視が強い面子に囲まれた修学旅行。……考えただけで胃が痛くなってきた。

「……俺だったら欠席を検討するレベルだぞもうこれ……」

「だ、だからそんなこと言わないでよ」

「でもなぁ……」

「それに欠席したらしたで、あの五人にそれこそいいように笑われると思うよ、僕」

「お前の落ちてる地獄は凄まじいな。逃げ場ねぇな」

「うん。ま、だから僕、意地でも絶対欠席してやらないんだけど」

そう決意を語り、にこっと笑う僕に、上原君がなぜか少したじろぐ。

「……お、お前って、案外根が『男』だよな……」

「？　いや既にこんなに胃を痛めている時点で、どうしたって小物だよ、僕は」

「……地獄の苦しみを知らずに飛び込むヤツと、分かってて飛び込むヤツ、どっちがやべぇヤツかって話だよ」

そのたとえ話に、僕は少し考えた後、「ああ、それなら」と思いつきを語る。

「天道さんみたいに地獄で快感覚えちゃうタイプが、実際一番やべぇヤツかと」

「お前自分のカノジョをよくサラリとやべぇヤツ呼ばわりできるな」

「あ、いや、地獄の如きエログロ描写のあるゲームの魅力を嬉々として語れるあの人も相当だし……地獄みたいなゲームを作る人物だって……」

「とりあえずお前の周囲には規格外のやべぇヤツしかいないのは伝わってきた」

「ま、中でも上原君は僕の一番の友達だけどね」

「今すぐお前の友達という称号を返上したいのだが」

「なぜ急にそんな酷いことを！」

いきなり友達から雑談の流れで絶縁宣言されてしまった。

僕があわあわと震えるのを、上原君が「ジョーダンだよ、ジョーダン」と笑って流す。

と、休み時間の終了を告げるチャイムが響き渡った。

上原君は自分の席に戻るべく立ち上がると、去り際、僕の方を優しい顔で振り向いて訊ねてきた。

「でもまあ、実際お前が旅行を欠席しないホントの理由は……他にあるんだろう？」

「あ、バレてた？」

僕は後頭部を掻きながら、その問いに応じる。

「そりゃ……旅行時間の九割方が辛そうなの見え見えでもさ。その先に……ほんの少しでも、天道さんと一緒に旅行を楽しめる可能性あるなら、僕は、ほいほい行っちゃうよね」

照れて頬を赤くしながらそう答える僕に。

上原君はカラカラと笑うと、なぜかもう一度、先程の表現を繰り返してきたのだった。

「やっぱりお前は根が『男』だよ、雨野」

天道花憐

星ノ守さんが涙目で震えていた。

「どこか、星ノ守さんを入れてくれる班、ありませんかー？　できれば立候補で決めて欲しいんですけどー。ほら、ジャンケンとかで決めるのは星ノ守さんが『余りもの』みたいで、可哀想じゃないですか。できれば、自分達から星ノ守さんを迎えてあげて下さーい」

生真面目で有能で、だからこそ少し無神経な委員長の森さんが、くどくどと各班に星ノ守さん獲得の立候補を促している。おかげでここ五分程、星ノ守さんはずっと赤面してカタカタ震えるばかりという……言っちゃえば晒し者状態だった。

「（もう、いっそのことジャンケンにしてくれた方が彼女も楽でしょうに……）」

流石に見かねた私は「あの……」と少々遠慮気味ながら起立し、森さんにそれとなくジャンケンやくじびきによる解決を提案してみる。が彼女はここぞとばかりに鋭角なメガネを光らせて私の意見を却下してきた。

「あら、天道さんはクラスメイトを『余りもの』扱いするおつもりですか？」

「い、いえ、そういうつもりではなくてですね……」

私の曖昧な苦笑いを、森さんは鼻で笑う。

「ならば中途半端に口を出すのはやめて頂けますか？　議論の妨げですので」

「……ごめんなさい」

あまり食い下がってもかえって星ノ守さんに迷惑をかけそうだと判断した私は、仕方なく着席する。隣の席のクラスメイトが森さんを見て「なにあれ」と呆れていた。

「天道さんのこといつも目の敵にしちゃってさ。クラスの中心が自分じゃないと気が済まないんでしょうね」

「まあ、森さん委員長ですし……」

「に、したってですよ。感じ悪い。まあ……かといって、うちの班に星ノ守を引き取るのも、ちょっとアレなんですけど」

「………そう、ですよね……」

私と同じ班に在籍するクラスメイトの意見を受け、私は思わず思案顔で星ノ守さんの様子を窺ってしまう。

「…………」

彼女はと言えば、相変わらず真っ赤になって俯き、時折か細い声で委員長や周囲に「す、すいませんです……」などと謝罪していた。……いたたまれない。

「（本当なら、助けてあげたいところですけど……）」

私が自分の班に彼女を引き取る、と言えばそれで全ては解決——と単純にいかないところが、私の立場の難しいところだ。

なぜなら……自分で言うのも憚られるのだけれど、実際、私の班は、天道花憐が在籍するが故に「人気」で「倍率が高かった」わけで。つまり「天道さんと一緒の班になりたかったのに、なれなかったー」という生徒が、このクラスにはごまんといる。

そんな中で私が気まぐれに星ノ守さんを引き取るのは……やはり気が引けてしまう。誰もが羨ましがる有名企業に縁故採用、みたいな。私へ不満が集まるだけならまだしも、星ノ守さんに妙なヘイトが集まるのもよろしくないわけで。

「（それに……今は、私、個人的にもあまり彼女と接点持ちすぎたくないのよね……）」

実際、雨野君との交際宣告の件が片付いていない現状では、星ノ守さんと多くの時間を過ごすような事態をできれば避けたいところだ。

そんなこんなで、私は星ノ守さんの同好会仲間でありながらも、中々彼女に手を差し伸べられずにいた。

またこれが五、六人からなる「班組み」の話題なのが痛かった。実際、何もこのクラスの全員が他人に冷たいわけではない。二人で組むような何かの話なら、個人の判断で星ノ守さんと組んでもいいと判断する人はいただろう。けれどこれは、班の話。個人の裁量で微妙な距離感のメンバー追加を勝手に決められるものではなかった。

だから、こういう時は一度席を立ち、班同士で固まって会議させて欲しいわけで。

「あの、すいません……ちょっといいですか」

「……なんですか、天道さん」

明らかにうざったそうに私を見つめる委員長に、流石にイラッとはしたものの、それでも私は努めて笑顔で、丁寧に、班同士で話し合ってみるという提案を告げる。が……。

「またですか天道さん。あぶれている人のことを無視して、勝手に班を仮決めし、仲良し同士で集まって喋ろうだなんて、ちょっと無神経じゃありませんこと？」

「い、いえ、でも、このままよりは……」

「ですから、どこかの班が星ノ守さんを引き取れば終わる話なんですって！　本当に、余計なこと言って議論を長引かせるのやめてくれませんか、天道さん」

「………すいません」

……仕方なく引き下がり、着席する私。……森さんのやり方には苛立ちを覚えるものの、でも、そもそも……このクラスの委員長になることを切望されながらも、自身のゲーム活動のために拒絶した負い目のある私だ。あまり彼女に強くは、出られない。

森さんは愚直に、クラスメイト達へ「善意」を促す。

「はい、ほら、どこか、星ノ守さんを引き取ってくれるところ、ないんですか⁉」

『…………』

全員が森さんから視線を逸らす。……そりゃそうよ。

と、森さんはいよいよ苛立った様子で教卓を叩き始めた。

「ちょっと、本当にどこも星ノ守さんを引き取ってくれないんですか？　それはクラスメイトとして、冷たいんじゃないでしょうか。星ノ守さんだって、仲間なんですよ？」

星ノ守さんがいよいよいたたまれない様子で顔を更に俯かせる。

「…………」

「……天道さん？　どうかした？」

「え？　あ……」

ふと気づくと、私はいつの間にか机を爪で強くカツカツ鳴らしてしまっていた。隣の席から心配げに覗き込まれて、私は慌てて取り繕う。

「いえ、なんでもないです」

すました顔でそう応じながら、私は自分でも不可解な感情に戸惑う。

「(私は一体何を……星ノ守さんは、確かに同好会仲間ですけれど、今はそれ以上に『ライバル』であり、彼女のことに、私がそこまで親身になる義理は……)」

そんなことを考えていると、突然、男子が「はーい」と挙手した。

森さんに「なんですか」と訊ねられると、彼は気怠そうに提案する。

「そこまで言うなら、いっそ、委員長のとこで引き取ればいいじゃないですか、星ノ守」

「え?」

そんな発想がまるでなかった、とでもいうように目を見開く委員長。そのリアクションがいけなかったのか、途端にクラスメイト達から次々と野次めいた追い打ちが飛ぶ。

「そうだよ、委員長の班が引き取れば全部解決じゃない」

「そうそう、なんか自分だけ関係ないみたいなの、ずるくなーい?」

「問題を処理するのが、委員長の仕事だと思いまーす」

やんややんやと不満を口にするクラスメイト達。

流石の森委員長も参った様子で、やれやれと肩を竦めると、嘆息混じりに呟いた。

「……まったく、仕方ありませんね」

「…………」

私の肩がぴくりと震える。隣席から再び「天道さん？」という声がかけられるも……私はもう、それにさえ、反応できなかった。

森委員長がメガネの位置を直しつつ、心底面倒そうに星ノ守さんの方に体を向ける。

「それでは星ノ守さん、私の班に『ついてくる』ということで、よろしいですか？」

その言葉に。星ノ守さんは頰を真っ赤にしながらも、精一杯ぎこちない笑顔を作って、森委員長の提案を——

「は、はい、よろ、よろしくお願い致しま——」

「ちょっと待ちなさい！」

——受け入れようとしたその刹那、私は大きく椅子を鳴らして勢いよく立ち上がった。

『…………』

私の剣幕に、教室がしんと静まりかえる。

クラスメイト達がごくりと息を吞む中……私はすぐにいつものビジネススマイルを浮かべると、そのまま教室内を横切り、端の席で縮こまっていた星ノ守さんの傍らへと歩を進めた。

「……て、天道さん？」

着席したまま、きょとんと私を見上げてくる彼女……星ノ守千秋。なんとも忌々しい、私の恋敵。雨野君を奪おうとする小悪魔。目下一番の悩みの種。だけど……。

「ちょっと天道さん？　今はHRの一種とはいえ授業中なのですから、勝手な行動は謹んで——」

なにやら森委員長がごちゃごちゃと注意をしてきている。

……でも、関係ない。

私はにこりと微笑むと、座ったままの星ノ守さんの肩に手を回し、彼女を力強く抱き寄せた。

「ふぇ⁉」

戸惑って声をあげる星ノ守さんと、目を瞠るクラスメイト達。

私はしかし、そんな皆の反応にも一切たじろぐことなく、強い意志で皆へと宣誓する。

「星ノ守さんの価値も分からない輩の班になど、誰が彼女をやるものですか。いいですか。誰が何と言おうと、今から星ノ守千秋は、この私——天道花憐のものです。異議は認めません。いいですね？」

『…………』

あっけにとられ、何も返さないクラスメイト達。……まったく。

私は更に笑顔を輝かせつつも……対照的に声にはとてつもないドスを利かせて訊ねる。

「いいですね⁉」

その瞬間、森委員長を始めとし、クラスメイト全員が……いえ、それでどころか、教室の端でうとうとしていた担任教師までもが——

『い、イエス、マム！』

——背筋をピンと伸ばして起立し、私に綺麗な敬礼を見せてきたのだった。

上原祐

「じゃ結局、ゲーム同好会のメンバー同士で組めたのは天道と星ノ守だけってことか？」

班決めHRのあった日の放課後の、二年F組教室。

いつもはその名の通りゲーム話に終始するゲーム同好会といえど、流石に今日ばかりは修学旅行話題でもちきりだった。

俺の言葉に、星ノ守が興奮気味に頷く。

「みたいですね、ですね！　いやぁ、やはり自分は幸せ者です！　あの時の天道さんが、どれほど自分にとっての『王子様』だったことか！　感謝しきりですよ、もう！」

「も、もうやめて下さい、星ノ守さん」

天道が照れた様子で頬を染めて星ノ守を窘める。しかし、それでも星ノ守の興奮は収まらない。とにかく俺達に自分の感動を伝えようと、手をぶんぶん振って続けてくる。

「もはや『天道さん』呼びは失礼なレベルです！　これからは、自分、天道さんのことを『お嬢』とかって呼ばなきゃいけないかと！」

「貴女は私の何になるつもりですか。天道さんでお願いします」

「了解ですお嬢」

ビシッと敬礼して応じる星ノ守に……天道がいよいよ不穏な笑顔で迫る。

「……星ノ守さーん？」

「……す、すいませんです、天道さん……。で、でもでも、呼び方がこのままでは、自分の中の暴れ狂う『親愛の情』が、とてもとても御しきれないと言いますか……」

「いやいや、『親愛の情』って暴れ狂うものじゃないでしょうに……」

「うぐ……うぅ……おじょ……お嬢ぉぉぉぉぉぐわぁぁぁぁぁ……！」

「本当に暴れ狂ってる！　わ、分かりました！　で、でしたら、お互い、名前呼びにしましょう、名前呼び。ええと、星ノ守さ——い、いえ、千秋さん」

「！　い、いいんですか⁉　了解です、か、かかかか……花憐殿！」

「こらこーら、千秋さーん？」

「……うぅ……か……花憐……さん……」

「はい、よろしい」

「うぅ……」

しょぼんと肩を落としつつ呼び名をまともにする星ノ守。しかしそれでも彼女の天道に向ける好意の目には一片の曇りもなかった。……完全に懐いてやがる。犬だったら尻尾をちぎれんばかりに振っているレベルの尊敬や好意が瞳に充ち満ちていた。

妙なこともあるもんだと俺やアグリが感心する中、しかしただ一人……雨野景太だけが、その光景を面白くなさそうにぶすっと見つめていた。

「くぅ……天道さんの忠犬枠は僕だけのものなのにぃ……！」

なんの対抗意識だ。溢れる愛情は感じるが、カレシとしてそれで正解なのかは甚だ疑問だぞ、雨野。むしろ名前呼びの方を先に悔しがれよ。なんだ忠犬枠って。

厄介なワンコ二匹にすっかり懐かれた天道が、実に面倒そうに嘆息してから俺の方を向いて話を仕切り直してきた。

「でも、上原君と雨野君が別の班になったのは意外でした。なんだかんだ言って、貴方達二人は最終的に同行するものだとばかり……」

天道の疑問に、俺は苦笑いで応じる。

「そうだな。でも俺の班に入ったら入ったで、雨野的には微妙だったと思うぜ。アウェーなのは変わらねぇっつうか、ほら、俺が言うのもなんだけど、親しい友達が他の友達とわいわいやっている時の妙な……こ、孤独感？　みたいなのもあったろうし」

俺が若干言葉を濁してそんな表現をするも、しかし俺達の会話を耳ざとく聞いていた雨野が即座に表現を訂正してくる。

「うん、僕、上原君が傍で他の男と楽しくしていたら、確実に『嫉妬』したと思う！」

「表現！　お前カノジョの前でよく堂々とそんな言葉使えるな！」

「事実なんだから仕方ないよ！　この気持ちは隠せないし、隠したくない！」

「相変わらず男だなお前！　だがその男気を見せる場所を確実に間違えている！」

「まあ、班のことはいいよもう。……でも、だ、大浴場は一緒に入ろうね、上原君」

「仄かに女の顔見せるのもやめろ！　頬を染めながら、なに可愛らしく誘ってきてんの⁉」

俺の物語のヒロイン感を猛烈に出してくるのやめてくれる⁉」

「あ、三角君も一緒だともっと楽しそうだよね、大浴場」

「もはや深い意味にしか取れんわ！」

「え、何が？」

「……もういい……」

俺はこれ以上続けてもこちらが被害を被るだけだと判断し、引き下がる。

どっと疲れて一時休憩に入ってしまった俺に変わり、雨野が天道に説明を続ける。

「まあ実際上原君の言うとおりだよ。上原君と同じ班になっても、それはそれでまた別種の悩みができたろうし、そういう意味では今の班も悪くはないよ」

そう笑う雨野に、天道がどこか安心した様子で「そう」と微笑む。見れば、アグリや星ノ守も少しホッとした表情を見せていた。が……俺だけは、一人眉を顰める。

「（いや、悪いだろ、実際。大凡考え得る限り、雨野にとっては最悪の班に配置されたと言っていいぐらいだろ）」

雨野を見下し、嫌悪し、妬み、あまつさえそれらを当人相手に隠そうともしない。そういうヤツらのみで構成された班。……雨野の精神的な圧迫は計り知れない。

が、雨野はそんな様子をおくびにも出さず、「ま、僕はどこ行ったってぼっちだから」

なんてジョークめかした自虐をかまして笑っていた。……かっこつけなのか、それとも、同好会の女性陣には無用な心配をかけまいとしているのか。

「…………」

俺はちらりと天道と星ノ守を眺め……一人、重たい息を吐く。

「（……天道は恋敵の星ノ守にさえ手を差し伸べたっつうのに。俺ときたら……）」

確かに雨野以外の友人のことを慮ったという理由もあるが、それでも、雨野を……友達を易々とあんな班に渡していいはずは、なかった。

「（くそ……なにしてんだ俺）」

後悔の念がひしひしと湧いてくる。……高校に入ってからの俺は、いつだってこうだ。誰も彼もに気を遣い、優しく接し、満遍なくバランスを取って器用に立ち回り、ベターな正解を叩きだし続け、そして……。

……後から、自分の「本当の気持ち」が他にあったことに気付いて、愕然とする。

俺が一人後悔に打ちひしがれていると、それを察してなのか、空気を変えようと亜玖璃が無邪気に雨野をいじり出した。

「あははっ、あまのっちって基本、人里ならどこにいても地獄だもんねー」

「人をゴキブリみたいに！　あ、アグリさんと一緒じゃないだけ、まだマシな地獄ですよ実際！」

「亜玖璃だって、辛気くさいゲーオタと旅行なんかしたくないもんねー」

「ぼ、僕だって、見た目実に軽そうなギャルと古都を歩いたりしたくないです！」

「なによー！」

「なんですかっ！」

相変わらず、家族の如く気の置けない言い合いを繰り広げる雨野と亜玖璃。

そんな二人を、俺は思わず羨望の眼差しで眺めてしまう。

「（……俺は……こいつらみたいに気持ちをそのまま言葉にできねぇんだよな……）」

それはきっと、高校デビューの弊害だ。ここ二年ほど俺は、自分の気持ちより「空気を読んだ対応」ばかりに重点を置いて生きてきた。だからだろうか。心よりまず先に、頭が、全てに判断を下してしまうようになったのは。

何かを決断する時は、いつだって「皆（相手）がどう思うのか」「どうしたら一番当たり障りないのか」が先に立ってしまう。それは悪いことじゃないし、この社会でうまく生き抜いていくには必要不可欠な能力のはずだが……しかし雨野達を見ていると時折、そんな自分がどうしようもなく恥ずかしくなる。

「（光正が俺を嫌うのは、きっと、こういう部分なんだろうな……）」

実際今回、俺は「周囲とのバランス」とやらを考えた結果……雨野を切り捨てた。雨野に不利益をもたらした。……クラス全体という観点で見ればそれはきっと正解の判断だった。一番全体としてリスクの低い回答では、あったはずだ。

だが、雨野個人にとってそれは、最悪以外の何ものでもなかった。なかったのに……雨野は……。

「とにかく、僕は今の班で満足なんです！　アグリさんいないしね！」

「かっちーん。……あまのっち……お前後で、便所の裏――の壁にあるドクロ模様のスイッチを押したら現れる隠し階段下った先の暗い地下室に来いやぁ」

「なんですかその呼び出し場所！　僕一体なにされるんですか!?」

「……くっく……そこでお前に……本物の『水炊き』ってヤツを見せてやりますよぉ」

「まさかの美味〇んぼ的お誘いだった！　でも、だからこそ余計に何をされるか分からない感が増した気もする！　た、助けてぇ、上原くぅーん！」

突然俺に縋ってくる雨野。その目には……俺に対する怒りや不信感の一つも、なくて。

それが俺には、余計に……しんどく感じられて。

「あ、ああ。おい亜玖璃、雨野いじめるのもほどほどにしとけよ？」

「や、やだなぁ祐ぅ。亜玖璃ぃ、他人をいじめたりなんかしないよ？」

俺に話しかけられた途端、露骨にカワイコぶる亜玖璃に対し、雨野が俺の背中に隠れながら応じる。

「う、嘘だ！　アグリさんは毎回毎回、僕という他人をこれでもかと……」

「やだなぁ、あまのっちと亜玖璃はもう他人じゃないじゃん」

その言い回しに、俺は一瞬だけドキリとしてしまう。が……続く亜玖璃の台詞は、当然のように相変わらずの馬鹿なボケだった。

「あまのっちはもう……亜玖璃の『眷属』じゃん」

「眷属!?　え、僕ってアグリさんの眷属だったの!?」

「うん、そうだよ。…………と、ところであまのっち、亜玖璃、あんまゲーム的な用語に詳しくないから訊ねるんだけど……眷属って、アレでしょ？　使い魔とか、舎弟とか、下僕って意味で合ってるよね？」

「正解かどうかはさておき、貴女がどういう意味で使用したのかは伝わりました！」

「ならよかった」

そう言って亜玖璃は雨野に悪魔のような笑みを見せるも、次の瞬間には俺に天使の微笑で要求してくる。

「とにかく、祐ぅ。亜玖璃は、祐も知る通り、本来とぉっても優しい女の子なんだけどぉ。

……ただそこのキモオタだけ例外だから返して。骨からダシ取るの時間かかるし」

「僕で水炊き作る気だこの人ぉ！」

涙目でカタカタと震えて本気で俺に縋る雨野。それにゲスい笑顔で迫る亜玖璃。……ったく。こいつらは、俺がシリアスに悩んでいる時に……。

俺は「はいはい、仲良しなのは分かったから」と二人を宥め……そのまま、それとなく話を班の話題から逸らしにかかる。

「しかし、四泊で大阪、京都、東京とはな……ベタというか、詰め込みすぎというか」

俺の言葉に「ですね」と星ノ守が乗ってくる。

「えとえと、大阪一泊、京都一泊、東京二泊でしたっけ。……なんかこう、この際だから一気に本州満喫したろうぜ感が露骨ですよね……」

「ま、亜玖璃的には、京都、奈良だけで三泊とかにされなくて一安心だけどね。都会なら、買い物や飲食が存分に楽しめるじゃん？　特に亜玖璃、この機会に気になってたカフェ巡りとかしてみたいんだよねー」

「あ、それはありますね」

とアグリに同意したのは、意外にも天道だった。彼女はどこからか取り出した「旅のしおり」をペラペラと捲りながら何やら検討を始める。

「私もこの機会に是非とも巡っておきたいものです」

「お？　なになに、天道さんも何か気になっちゃう店あるカンジ？　場合によってはそれ、亜玖璃も一緒に行ってあげ――」

「――都会の強者が集う、アングラなゲームセンターを」

「さようなら天道さん。修学旅行、『それぞれに』楽しもうね！」

亜玖璃が天道を「女子仲間枠」から完全に切り捨てていた。

しかし天道は、それにまるで気付かない様子で「ふふふ」と微笑む。

「全国大会やネット対戦のような『表側』では会えない異形のプレイヤーと出逢える数少ない機会です。存分に楽しまないと……ふふふ……」

「うん、天道さんは一体何を『修学』してくるつもりなのかな……」

ショッピングやグルメ目的のギャルにさえ、その旅行目的に呆れられる美少女。

天道はこほんと咳払いして、仕切り直してきた。

「も、勿論、私だって女の子です。ちゃんと他の大事な旅行目的だって、あります」

「だよね。流石に我が校のアイドルが、そんなに女子力低いはず――」

「雨野君をしゃぶりつくします」

「突然何言い出したこの金髪」

唖然とする俺達同好会メンバーに、天道は一人蕩々と語り始める。

「だって旅行ですよ？　普段は見られない各種レア雨野君を見られる確率大じゃないですか。寝起きの雨野君、うとうとする雨野君、お風呂上がりの雨野君、飛行機酔いする雨野君、ストレッチャーで運ばれる雨野君、悪魔と契約して新たな力を得る雨野君」

「終盤がレアなあまのっちにも程があるよ！　というか旅行に何求めてんのさ！」

「何って……そんなの、雨野君との幸せなひとときに決まってます。ね、雨野君？」

天道に水を向けられた雨野は、キャラ的に照れているかと思えば……全然違い、むしろ天道と同様にアホなテンションだった。

「勿論ですよ天道さん！　ぼ、僕だって各種天道さんを見るために旅行行くとこありますもん！　寝起きの天道さん、うとうとする天道さん、お風呂上がりの天道さん、東京タワーの上にＣＬＡＭＰ立ちする天道さん。歌の力で敵を退ける天道さん。……あと表参道のカフェで大失態を演じる田舎のギャル。そういったものを見るためにこそ、僕は修学旅行に行くんです！」

「おいこらそこのキモオタ、あんた今さらっと天道さんに対するデレに紛れて亜玖璃への呪詛吐かなかった？　え？」

亜玖璃が文句を吐くも、しかしその頃にはもう雨野と天道は互いを熱い眼差しで見つめ合い、完全に二人の世界に入ってしまっていた。

星ノ守が苦笑いで話を纏めにかかってくる。

「ま、まあ、そのその、な、なんにせよ楽しみですね、修学旅行。四日目には東京の……というか千葉のディスティニーランドで終日遊べるみたいですし」

「ああ、しかもその日は班行動じゃねーから、カップルでの行動が可能に……」

と、そこまで言いかけて、俺は思わず口をつぐんだ。

……ほ、星ノ守が、こちらを見て力なく空笑いしていらっしゃる。

「そ、そうですね……カップル単位で合流ができますね……はは……」

まずい。まあ正直普段からこのゲーム同好会、カップル二組と片思い一名という実に星ノ守に優しくない集団だったが、ここに来てそれが顕著に出てしまった。

雨野・天道・亜玖璃の三名も状況に気がつき、いたたまれない静寂が場を支配する。

そうして……最初にその沈黙を破ったのは、意外にも雨野だった。

「あ、そういえばディスティニーランドって、最近新しいアトラクションできたらしいですね、天道さん」

「へ？　え、あ、ああ、そ、そうね。えっと確か……VR技術とプロジェクションマッピング技術を融合した、迫力あるトロッコ型シューティングアトラクションだったかしら」

「それですそれです。で、あれって、確か最後に各自のスコアが出るんですよね」

「そうだったかも……しれないけど」

話の筋が見えず首を傾げる天道。俺と亜玖璃、それに星ノ守も困惑する中、雨野はこほんと咳払いをすると……次の瞬間、ビシィッと星ノ守に人差し指を突きつけた。

「じゃあそこで、僕らのどちらが本当にゲームが上手いのか、きっちり白黒つけようじゃないかチアキ！」

「……へ？」

ぽかんと呆ける星ノ守。雨野はどこか照れを紛らわすように、いつも以上に星ノ守に対して挑発的な態度で続ける。

「『萌え』に対するスタンス以外完全に同じ能力値扱いをされて早数ヶ月。ここらで、僕とチアキ、実際どっちの方がゲーム能力が高いのか、ハッキリした方がいいと思うんだよね！　うん！」

「は、はぁ、そう、ですか？　……だ、だったら、別にディスティニーランドじゃなくても、その辺のゲーセンや携帯ゲーム機での対戦か何かでも……」

「い、いやいやチアキ！　滅多にいけないディスティニーランドの新作アトラクションだからこそ意味があるんだよ！　これなら、二人とも事前練習は一切不可！　つまり、真に純粋な『ゲーム力』が試されるんだよ！」

「あー……そう言われたら、そうかもですけど……」

「じゃ、チアキは僕との勝負を受け入れるということで、ＯＫ？」

「は、はぁ……まぁ……」

雨野に気圧され、話を受け入れ出す星ノ守。しかし一体これは何の話なのだと、星ノ守のみならず皆が戸惑う中……。

雨野は、にっこりと微笑んで「じゃあ仕方ない」と話を締めくくってきた。

「厳密な条件下で勝負するためにも、チアキには当日僕と一緒に行動して貰わないとな。僕が見てない隙に練習されたんじゃ困るしね」

「あ……」

そこでようやく、俺達は、雨野が何を言わんとしているのか察した。

俺と亜玖璃、天道は思わず顔を見合わせると……そのまま口々に、雨野の提案に乗っかり出す。

「そういうことなら、お前らの保護者たる俺もキッチリ勝負を見届けてやらねーとな」

「祐がそうするなら、亜玖璃も付き合うー。あまのっちの負けるとこも見たいしー」

「最新鋭のアトラクションでスコアアタック勝負ですか。これはゲーム部部長として見逃せないイベントです。是非お付き合いさせて下さい」

「み、皆さん……」

星ノ守はそこで瞳を潤ませるも、すぐにわたわたと手を振って拒絶する。

「いえいえっ、ホントに自分のことなんか気にしなくていいですから、恋人同士で……」

しかしそれに、雨野がむすっと応じる。

「ほほう、つまりチアキは僕に不戦敗でいいと」

「む。そ、そうは言ってないです！　自分はケータに絶対負けないです！」

「じゃあ勝負は受けてよ。一緒にファストパスとって……恐らく夕方ぐらいの回になるだろうから、少なくともそれまでは同行して貰うことになるけどさ」

「……で、でもでも……それは……」

ちらりと天道の様子を窺う星ノ守。これには流石に雨野も何か思うところがあったのか、今度は少し恋人に寄った提案をしてくる。

「……まあ、じゃあ、そうだね、対戦終わった後、夜のパレードぐらいは、恋人同士二人きりにさせて貰おうかな。だからそれまでは……悪いけど僕に付き合ってよ、チアキ」

そう、彼女に微笑みかける雨野に。

星ノ守はと言えば……少しだけ俯くも、次の瞬間にはいつもの、雨野に対する挑発的な笑顔を浮かべて、応じた。

「まったく、仕方ないですね、ケータは。分かりました。……受けて立ちましょう！」

「そうこなくっちゃね」

雨野と星ノ守がスポーツマンシップの宣誓のように握手を交わし、俺と亜玖璃がそれを笑顔で見守る。

ゲーム同好会全体が、暖かな空気に充ち満ちていた。

…………しかし、そんな中にあって、ただ一人。

「…………」

天道花憐だけが、祝福の笑顔の中に微かな陰りを覗かせていた。

＊

「雨野と星ノ守が密かに交際を始めてるだぁ!?」

寂れた大型書店の参考書コーナーに、俺の素っ頓狂な声が響き渡る。

「ちょっと、声が大きいですよ上原君」

その隣で窘めるように眉を顰めたのは、我が校のアイドルたる金髪少女だった。

「いや、だって、お前……」

言葉がうまく紡げず唇だけがぱくぱくと動いてしまう。たった今もたらされた情報があまりに突拍子もないものだから、上手く頭が状況を処理できない。が、天道の真剣な眼差しを見るだに、冗談やからかいの類でもないらしい。

俺は一度深く深呼吸をしつつ、一旦気を他に逸らすためにも、くるりとあたりを見回した。……平日の夕方だというのに客がまばらな、田舎の大型書店。実際このあたりでは一番面積が広く品数も充実している本屋なのだが、いかんせん街の中心からは少し外れているため、常時あまり客で賑わう店でもない。が、やはり街の小さな本屋では見られない書籍も数多くあるため、地元民からはそこそこ重宝されている。

そんなわけで俺も今日はゲーム同好会の終了後、亜玖璃と途中で別れ、近所の書店で売り切れてしまっていた漫画の新刊を探しに足を延ばしていたわけだけれども……。

丁度そんな時だった。天道から突然「折り入って相談があるのですが」とのメッセージ連絡を受けたのは。

正直なとこ、最初は「カノジョ以外の女性と二人きりで会うことのリスク」から一度は断ろうと思ったものの、続く天道の「お時間は取らせませんので」という、少し「らしくない」切羽詰まったメッセージを受け、仕方なく俺は会うことを決めたのだった。

天道も丁度書店の近くに居たらしく、連絡の五分後にはここで合流。そのまま人気のない参考書コーナーに移動して立ち話することにした。書店内で雑談というのもあまり褒められた話じゃないが、先述した通りここは田舎の典型的な「面積はバカでかいのに客が少ない」タイプの本屋だ。誰の邪魔ということもなさそうだったし、なにより、天道が有名人なだけに、変に二人で喫茶店等に入って妙な噂を立てられるのが怖かった。その点参考書コーナーならば、もし目撃されても「偶然」の一言でどうとでもなる。

そうして二人並んで参考書の棚をぼんやり眺めつつ、小声で挨拶をかわした俺達なのだが……直後、天道から切り出された「本題」のあまりの衝撃に、俺が言葉を失い、今に至るというわけだ。

と、天道が、突然誰かにぺこりと軽く頭を下げた。見ればどうやら、俺のリアクションで主婦らしき女性客の注目を受けてしまっていたらしい。俺も慌てて頭を下げる。と、女性は軽く笑顔で会釈して買い物を再開してくれた。感じのいい方で助かった。俺達はほっと胸をなで下ろす。

「わ、わりぃわりぃ。けどよ、いったい、なんだってそんな疑惑が……」

「あ、ええ。少し前に皆さんで《GOM》を遊んだ夜のことなんですけど……」

そこから天道は、かいつまんでこの疑惑に至る流れを教えてくれた。

が、それをしっかり聞いた上での、俺の第一印象はと言えば……。

「……なんか、真剣に悩んでいるとこ悪いんだけど……客観的に聞く限り、その、正直いつもの『勘違い案件』臭がぷんぷんするのだが」

「あ、やっぱりですか？」

俺の、露骨に天道の認識を訝しむようなリアクションに、しかし天道本人もまた納得したような反応を見せてきた。

天道が頰に手を当てて嘆息混じりに続ける。

「私の中でも現在、この件は九割方『私の勘違いっぽいな』という認識で落ち着いてはいるのです」

「おいおい、なんだよそれ。驚いて損したわー」

やれやれと肩を竦める俺。……わざわざ天道が俺なんかを呼び出してガチなトーンで相談始めるから、何事かと思えば……。

どっと疲れた俺は、真剣に話を聞くのもバカらしくなり、なんとなく棚からテキトーな参考書を手にとってぺらぺらと捲り始めた。

「九割方勘違いだと踏んでんだったら、もう、普通に本人に確認しろよ。……っつか、やべぇな、おい、こんな難しいのかよセンター試験って」

俺が手に取ったのはセンター試験の数学の過去問だったらしいのだが……分かるのはそこまでだった。答えが分からないとかってレベルじゃない。何を問われているのかさえ、分からない。……俺、音吹での学力はそう低くないはずなのだが……。

にわかに進学への危機感を覚えていると、天道は俺の開いた問題集を横から覗き見て、ぽつりと呟いた。

「……マークシート形式のテストって、私、あんまり好きじゃないんですよね」

「へ、なんで？　俺は好きだけどな、マークシート。全く分からねぇ問題でも、ワンチャンあるじゃん」

「それはそうですね。だけど、変に他の可能性を提示されているからこそ、逆に……」

そこで天道は、軽く目を伏せて呟く。

「元々確信を持てていたはずの回答に、僅かな疑念を抱いてしまうことも、あるので」

「……そうか。……そうかもな」

俺は神妙に頷くと、過去問を閉じ、棚に戻し……天道に切り出す。

「わりぃ、さっきの俺のリアクションは軽率だった。……たとえ一割以下の可能性であっても……お前にとっては心の底から怖ぇんだよな、その推理」

「…………はい」

目を伏せ、下唇を噛むようにして、天道が切り出してくる。

「……実は以前、心春さんにもこの話をさせて貰ったんです」

「コノハちゃんに？」

「はい。その、ゲームショップで偶然会いまして。……本当なら、あまり勝手に吹聴するようなことじゃないのは、分かっているのですが……お恥ずかしながら、一人では、なかなか抱えきれず」

「ああ……」

俺だって亜玖璃が雨野と交際を始めた——と勘違いしそうな場面を見てしまったら、天道と同じ反応をしただろう。不安で……だけど本人に確認する勇気が中々出なくて、かといって自分だけで抱え込めるほど強くもなくて。

そういった意味で、コノハちゃんというのは、なるほど丁度いい距離感の相談相手かもしれない。

俺は話の先を促した。

「で？　コノハちゃんはなんだって？」

「ええ……私の勘違いだって。雨野君は私のことがちゃんと好きなはずだって、そう、力強く勇気づけてくれました」

「へぇ……。……やっぱ、なんだかんだ、いい子だな、あの子」

「本当に」

天道が薄く微笑む。実際、コノハちゃんの言葉は、不安に押し潰されかけていた彼女の心を救ったのだろう。しかし……。

「でも……やっぱり、それだけで『完治』は、してくれないんですよね、この不安」

「ああ……そりゃそうかもな」

銃創の表面だけ繕ったようなもんだ。大きな痛みも消え、見た目にも綺麗になったところで……依然として、弾が体内に残っていることに変わりはない。日々を過ごす上でなんら問題はなくとも、しこりは、残る。

けれど、それを根治したいと思ったら、方法は一つしかない。

「…………だったらやっぱり、もう、直接問い質すしか、ねぇだろ」

体内から銃弾を取り出したいなら、傷を一度開くしかない。

「ですよね……」

分かってますよ、とでもいうように力なく笑う天道。……ま、そうなんだろうな。

彼女はそのまま沈黙してしまう。俺は雰囲気を軽くすべく、あえてまた過去問を手に取った。今度は国語だ。ページを捲ると、名作文学からの引用がよく目についた。

〈傍線部Dから読み取れる主人公の心情として、適当なものを次の①～④のうちから一つ選べ〉

……俺の苦手な問題だ。求められている正解は分かるのだが、いつも、イマイチ納得がいっていない。心情的なものの何が正解かなんて、当人以外の誰にも決める権利がないように思えてしまうのだ。厳密にはきっと、その作品の作者にだって、ない。

と、天道が俺の開いた過去問を見つめながら、ぽつりと呟く。

「……そんなの、当人にしか、分からないですよね……」

「……だな」

それは、この文章問題のことなのか、はたまた……。

俺は過去問のページを進めつつ、少し茶化すように呟く。

「ま、当人が語ることが真実ともまた限らねぇのが、人間の面倒なとこだけどな」

「……ふふっ、そうですね。上原君の『彼女一筋』発言とかが、いい例ですよね」

「いい例じゃねぇ」

なんなの、こいつらの中で定着している俺のナンパ野郎キャラ。まあ……もう、一種のギャグみたいになってるみたいだから、目くじら立てる程のことじゃないけどよ。

俺は漢字問題のページを開きながら、天道に訊ねる。

「で？ 天道は俺にそれを話して、どうして欲しいわけよ？ 俺からそれとなく雨野に確認してほしいとか？」

「いえ、それは結構です。そこまで人任せにするのは、私の性分じゃないので」

そこはキッパリと否定してくる天道。……相変わらず強い女だ。「だったら、なんだって……」と訊ねる俺に、天道は「そうですね……」と少し悩む素振りを見せる。

「なんでしょう。雨野君と星ノ……千秋さんの話を直接聞くと決断する、その前に……。……なんというか、軽い『一押し』が欲しかったといいますか」

「んなの、別に俺じゃなくても……」

「いえ。上原君は以前……星ノ守家でボードゲームした時に、カノジョさんへお訊ねなさっていたじゃないですか。雨野君のことを、どう思っているのかと」

「ああー……あれね。見てたのか、天道」

「見てたといいますか、質問しているのが軽く耳に入った程度ですよ。その後の亜玖璃さんの回答なんかまでは、あまり聞き取れませんでしたし」

そう説明し、天道は続けてくる。

「でも……自分がこうなった今、改めて感心させられまして。ああいうことを直接訊ねられる勇気は……素直に、尊敬に値するなと」

「いや……そんな大層なことでは……」

照れを隠すように、意味もなく国語の過去問をもう一度最初のページから開き直す。

と、天道が大きくため息を吐いた。

「それに比べて私は駄目ですね。雨野君のこととなると……途端に、どうしようもなく、弱くなる」

「それはお前……愛情の深さの裏返しだろう？　それはそれで凄いことだと思うが」

「そうでしょうか。……雨野君を信じ切れていない、という見方もできますが」

「そりゃ……そういう言い方したら、そうだろうけどよ……」

フォローの言葉がすぐには出てこなかった。以前の自分にも、こういう……亜玖璃を信じ切れていない部分があったから。……いや、違うな。今の自分にも、か。

俺が神妙な顔つきでいると、天道が「ですが」と話を仕切り直してきた。

「あの時上原君は勇気を振り絞って訊ね、そして、詳しくは分かりませんが良き回答を得たのですよね？」

「ああ、そうだったかもな」

「ですから、私も、それにあやかれたらな、と」

「なるほど」

ようやく天道がなぜ俺に相談してきたのか……なぜ俺を「一押し」の役に選んだのか、合点がいった。

俺は過去問を閉じると、棚に戻してから……天道へと向き直り、正面から微笑みかけてやる。

「安心しろ天道。お前のその話、聞いた限りじゃ十中八九、お前の独り相撲だ」

「ですかね」

「ああ。だからお前は……気兼ねなく、堂々と、雨野と星ノ守に直接対峙しろ。きっと、いい結果になるさ」

「…………。……ありがとうございます」

天道は一瞬瞳を潤ませた後、それを隠すように深々と頭を下げてきた。

俺はそれに少々面食らってしまうも、まあ、彼女がそうしたいならと、黙ってその感謝を受け入れる。

天道はそのまま三秒ほど深々と頭を下げてから、顔をあげてきた。

その時にはもう、いつもの「天道花憐」のサッパリした笑顔が、そこにあった。

「上原君は、いい人ですね」

「だろうだろう、そうだろう。それが分かったなら、そろそろ俺への認識をだな——」

「ええ。……まあだからこそ、逆にナンパ男疑惑は一層深まるばかりですが」

「なんでだよ！」

「カノジョ以外の女性と人気のない場所でこっそり落ち合って、親身に元気づけるとか……なかなかアレな男性ですよ。正直、引きますよね」

「理不尽にも程があるな！　なにこれ損したわ！　俺にメリット一切なかったわ！」

「メリットですか。そうですね……あ、では、お金を支払いましょうか？」

「なんか余計ゲスいわ！　友人のカノジョの相談乗って金取る男ってなんなの⁉」

「……言葉にすると、想像以上のクズさですね」

「ホントだわ！　金とかいらねぇから！　ただ、俺に多少は尊敬や好感を抱いてくれ！」

「ほう、つまり貴方は、カノジョ持ちの身でありながら、友人の彼女からの好感も得たいと、そう仰りたいわけですか。……ゲスの極みですね」

「そういう言い方したらそうだけども！　ああ……もう、いいわ。疲れた」

なんかもう最近ナンパ男やゲス男扱いに耐性ついてきたわ、俺。それならそれでいいや、面倒臭え。

俺はもう、とっととこの相談の結論を告げて立ち去ることにした。

「まあとにかくよ。つまんねぇ勘違いで恋人とぎくしゃくしてたって、しゃーねーだろ。もうじき修学旅行もあるしよ」

そう言いながら参考書コーナーを離れる俺。天道も後ろについてきながら「ですね」と応じてきた。

「ところで、上原君の方はどうなのですか？　最近亜玖璃さんとは、上手くいっているのですか？」

「うぐ……」

ブーメランが返ってきた。そうだ……ぎくしゃくしているのは、むしろ俺の方だった。

ミステリー小説のコーナーを横目に、天道が申し訳なさそうに訊ねてくる。

「もしかして、まだ雨野君と亜玖璃さんのことを？」

「いや……まあそれもないとは言わねえけどよ」

正直……天道も同じだろうが、未だに例のキス未遂シーンの残像がちらつくことは、ある。そしてそれだけに……それを搔き消すためにも、俺は亜玖璃と関係を進めたいと考えているのだが……。

そう思えば思う程、今度は軽い友達のノリが難しくなってしまったわけで。

オレがそう伝えると、天道もまた「分かります……」と肩を落とした。

レジ脇を抜け自動扉を抜けると、途端に刺すような寒気が襲ってきた。

俺達は身を縮こまらせながら、とりあえず互いの帰路の分岐点までぐらいはと、一緒に歩き出す。

隣で寒そうにマフラーへと顎を埋める天道。俺は、先程のお返しとばかりに、少し踏み込んだ相談をさせて貰うことにした。

「その、正直……最近の亜玖璃って、俺より、雨野といる時の方が、楽しそうじゃね？」

「ですね」

即答だった。まるで気遣いのない、だからこそガチな空気の即答だった。

凹む俺に、天道は追い打ちをかけてくる。

「というか、最近の亜玖璃さんの一番輝いている時間が、雨野君をいじめている時だと思います。正直……私から見ても、ああいう時の亜玖璃さん、すごく可愛いですよ」

「マジか」

「大マジです。雨野君のカノジョとして嫉妬する気持ちの傍らで、あんな可愛い方に家族的なスキンシップをして貰える雨野君を、時折羨ましく思うぐらいですよ」

そう嘆息混じりに呟く天道に、俺は恐る恐る訊ねてみる。

「……逆に、最近の、俺と喋っている時の亜玖璃って……」

「……まあ、正直、借りてきた猫みたい、ですよね」

「なにそれ絶望的じゃねぇか」

「安心して下さい、上原君」

「何が」

「……私と一緒の時の雨野君にも、その印象、多少ありますから」

「ああ……そう、かもな……」

「…………」

「…………」

寒風吹きすさぶ北の大地を、並んで歩く……どこか侘しい雰囲気の男女。

そのまま黙々と歩き続けた俺達は、互いの帰路の分岐点に差し掛かると……。

「……じゃあ」

「ええ」

たった一言、極めて簡素な別れの挨拶だけ交わして。

それぞれに、寒さでカタカタと震えながら、孤独な帰路へとついたのだった。

…………。

……………なぜか今、無性に、シチューが食いたかった。

雨野景太

ゲーム同好会を終えて帰宅すると、普段なら先にパートから帰宅しているはずの母がいなかった。どうやら、どこかに寄って買い物でもしているらしい。

「……じゃ、やるか」

僕は夕飯まで時間がありそうだと見て取ると、ただちに行動を開始した。手早く制服から部屋着に着替え、ついでに軽く顔を洗って、いそいそとゲームを遊ぶ態勢を調える。コップにお茶を注ぎ、居間のテーブルへと置くと、その隣のソファに寝転びながら携帯ゲーム機を起動させる。至福のゲームタイムの始まりだ。

――と、その瞬間、僕は不思議な感慨を覚えた。

「（あれ、なんかこんなにダラダラゲームする態勢になったの、久しぶりかも）」

勿論常にゲームはしている僕だけれど、最近は隙間時間に軽くやることが多かったせいか、いまいち「ゲームやった！」感は薄かった。……いや、プレイ時間だけ見たら一般の人がドン引きする程やってたりするんだけど……気持ちの問題っていうの？　ほら、睡眠と同じだよ。一時間の仮眠を八回取るのと、八時間まとめて寝るのとじゃ、なんか「寝たっ！」って感じが段違いでしょう？　まさにあれだ。

ソファでうつぶせになり、肘掛け部分の傾斜で本体を軽く支えつつ、鼻歌交じりにゲームに勤しむ僕。

今やっているのは、チケットモンスターの新作だ。モンスターチケットと呼ばれる道具を媒介にして、沢山のモンスターを、収集、育成、交換、対戦等して楽しむＲＰＧ。

実を言うと僕はこの手の対戦や交換がメインの……要は他人の絡む要素が大きいＲＰＧが基本的に好みではない。理由は言いたくない。言わずもがなでしょ。言わせないでよ。

……………ぼっちだからです。

と、とはいえ弟と遊ぶことはあるし、中学時代までは一応少ないとは言え奇特な知り合いや友達もいたりしたから、過去シリーズは結構遊んでおり。だから今回は正直あまり他人と競ったり協力する予定がないものの、それでもいつも通り購入し楽しんでいた。

「ま、実際やると、一人でも悔しいぐらいに楽しいんだけどさ……」

思わず独りごちる。

このシリーズの凄いところは、完全な一人プレイでも全然面白いところにあると思う。

作品のジャンルが故につい対人戦や交流がメインみたいに思われてしまうし、ネットなんかで話題の焦点として上りがちなのも概ねそこなのだけれど、一人でちまちまチケモンを育ててストーリーをクリアするのだって、充分に楽しい。

野生のチケモンを捕まえ、育成して、パーティーを組み、敵組織との戦いや試練を乗り越え、先に進んでいく。

そうして強敵のチケモントレーナーと対戦する際には、敵の所持するチケモンの傾向や出す順番を考慮し、こちらも相性を考えてチケモンや技を選択する。自分の戦略が完璧にハマれば爽快感に酔いしれ、逆に意外なチケモンや技を繰り出されれば素直に驚き、ギリギリの戦いの渦中で技の成否判定に一喜一憂する。僕のゲーム評価基準に「強敵との戦いが楽しいと思えるか否か」というのがあるのだけれど、チケモンシリーズはまず間違いなく強敵との戦闘が楽しい部類のゲームだと言える。

そしてなにより素晴らしいのは、このゲームは基本的に全てのモンスターに公平な可能性が配されている点である。

いや勿論、ネットを探せばいくらでも対戦する上での強チケモン、弱チケモンの議論は出てくる。が、そんなの関係なしに自分の好みだけでチケモンを育てたとて、少なくとも一人プレイなら、なんの問題もない。それどころか対人戦だって愛情に裏打ちされた戦略次第である程度はなんとかなったりする。

そんな奇跡的で、そして愛情に溢れたバランス感のゲームが、チケモンなのである。

「……ま、僕には丁度いい対戦相手なんか、いないんだけどね」

……ま、そうなってくると、ゲームが超面白いだけに逆に可愛さ余って憎さ百倍、みたいなとこも正直あるけどね！　ちくしょう！　ネット対戦はレベルが高すぎるんだよ！

身近に丁度いいレベルの対戦相手でもいればなぁ——って。

「あれ、そういや、チアキはやっているのかな、チケモン」

最近は告白の件や修学旅行のゴタゴタがあったので、いまいちみんなとゲーム話題に興じられていなかった。もしチアキもやっているなら、それこそ丁度いい対戦相手になりそうなものだけれど……。

ぼんやりとそんな可能性に思いを馳せていると、玄関のドアが開く気配がした。それからすぐに「ただいま」という少年の声。部活動を終えた弟が帰宅したらしい。僕は彼が居間のドアを開けるのを待って、声をかけた。

「おかえり、光正」

「ただいまお兄さん。……あれ、母さん、まだなんだ？」

荷物を降ろしながら訊ねてくる光正。僕はゲーム機に視線を落としたまま応じる。

「うん、買い物でもしてるんじゃないかな」

「へぇ。……で、お兄さんは、鬼の居ぬ間にゲーム三昧、と」

ニヤニヤ意地悪な笑みを浮かべて、ソファに寝転ぶ僕を見下ろしてくる光正。画面では丁度水着の女の子キャラとの対戦が始まっていたため、少しだけ気恥ずかしい。

僕は画面を隠すように前のめりになりつつ、頬を膨らませる。

「な、なんだよ。いいじゃないか」

「別に誰も悪いとは言ってないだろ。いやだねぇ、自意識過剰なオタクは」

「ぐ……」

相変わらず、兄に対する尊敬や愛情といったものを一切感じられない弟だこと。コノハさんみたいな、なんだかんだで話の合うい妹さんがいるチアキが若干羨ましい。……まあ光正は光正で、こういう常にドライな接し方をしてくれる部分に、僕は救われていたりもするんだけれど……。

光正は相変わらずテキパキと片付けや着替えをすますと、僕の足を押しのけるように強引にソファに割り込んでくる。僕は僕でそれを気にもせず、最終的には光正の太ももの上に足を乗っけてゲームを続けた。

光正は僕のついでにおいたお茶を勝手に飲みつつ、リモコンでテキトーにチャンネルを回し始める。特に明確な目的があるでもないらしく、夕方のニュースが中途半端に聞こえては、切り替わっていった。

なんだかんだで最終的に「どんぶりから大量のエビが……⁉　驚きのビッグサイズメニュー！」という毒にも薬にもならないニュース番組の特集に落ち着いたものの、かといって光正の興味を取り分け引いたのでもないらしい。彼は、地方の女性アナウンサーのわざとらしいリアクションをＢＧＭに、スマホをいじりだした。

しばらく兄弟二人、居間でそれぞれの時間を過ごす。……そうして、五分程経過した頃だったろうか。ニュースのビッグサイズメニュー紹介が三軒目に突入したあたりで、光正がぽつりと切り出してきた。

「……腹減ったね」

「ああ、時間も時間だし、番組も番組だしな」

「だね。まあでもうちの家族って、誰もこういう特盛り系メニューに心引かれないよね」

「まあ大食いじゃないからね。身の丈に合わないボリュームで迫ってこられてもさ」

ふとテレビを見やると、どんぶりから零れたイクラが大量におぼんへと滴る光景が映し出されていた。アナウンサーが大興奮していらっしゃる。……いや、まあイクラは美味しそうだけど、正直普通に、適量ずつ、かけていただきたいよね。

　再びゲームに視線を落とす。と、光正が更に続けてきた。

「……兄さんってさ。天道さんといる時……楽しいわけ？」

「なんだよ急に」

　苦笑いしつつ、視線はあくまでゲームに向けながら、僕は答える。

「そんなの楽しいに決まっているじゃないか。凄く楽しいよ」

「そう」

　光正は特に面白くもなさそうに応じる。自分から訊いておいてあまりに薄いリアクションだ。どうせ彼にとって、それはあくまで間を埋める雑談でしかなかったのだろう。

　僕もまた気にせずゲームに興じる。が……意外にも光正は更に続けてきた。

「……じゃあさ。千秋さんといる時は、どう？」

「チアキ？」

　なんで急にここでチアキの名前が出てくるのか分からなかったけど、まあ別に深く考える程のことでもないかと、僕は素直な気持ちで応じた。

「うん、楽しいよ、普通に。ゲームの話合うし。一部で敵対するけど……最近はそこも含めて、互いに楽しめてるっていうか」

　特に告白の一件があって以降、その傾向は顕著になりつつあった。意外にもフッたりフられたりしたことでの「ぎくしゃく」はそれほどなく、むしろ、互いに腹の中を曝している分、より一層雑談が楽しめるようになってきているぐらいで。

「ふーん……。……普通に、楽しい、ね……」

光正は相変わらず薄いリアクションのまま、特盛りの特集を眺めている。……どうやら本当に、ただの間を埋める会話でしかないらしい。相変わらずの光正らしい距離感。

そのまま、時折ニュース番組をネタに雑談を交わしつつ、十五分ほど経過した頃、再び玄関で気配がして、今度は買い物袋を提げた母が帰宅した。

母は「さむいさむい」と大げさに呟きながらキッチンへ向かうと、野菜やら飲み物やらを冷蔵庫に入れながら、兄弟のどちらともなく話しかけてくる。

「ごめんごめん、本屋で女性誌立ち読みしてたら、すっかり遅くなっちゃったわ」

「ふーん」

僕だけが一応リアクションを返す。光正はぽちぽちとスマホをいじるのみ。勿論、別に光正が家族と不仲なわけじゃない。長男と次男の役割分担みたいなものだろうか。

母が車の鍵を居間のサイドボードへと置くべくパタパタとこちらにやってきたところで、ふと、「そうそう！」と何かとっておきの話題を見つけたとでもいうように僕の方を見てきた。

「ちょっと、お母さん今日見ちゃったわよ、景太」

「見たって、何を」

ゲームに集中したままテキトーに話を促す僕。と、母は続いて、意外な言葉を続けてきた。

「アンタの学校の……ほら、なんとかっていう、有名な金髪の美人さん！」

「げほっ」

思わず噎せる僕。光正が珍しくちらりと母に視線を向けた。

動揺で噎せ続ける僕にかわり、光正が会話を引き継いでくれる。

「天道花憐さんのこと？」

「そうそう、多分その子。やー、本当にお人形さんみたいに可愛い子ねー。母さん、びっくりしちゃったわ。何食べたらああなるのかしらねぇ」

僕の短い足をまじまじと眺めながら嘆息する母。……ちなみにこの母、僕と天道さんが恋人関係にあることをまるで知らない。隠しているという程でもないのだけれど、その、見ての通り実に一般的な「おばちゃん」なので……あまり積極的に明かしたく思える人物でもないというのか。……うちに天道さんがくる、とかなれば話は別だろうけど。

光正もその辺の空気は読んでくれる人間なので、そこには触れずに話を進めてくれる。

「で、その天道さんは、本屋にでもいたの？」

「そうそう。これまたイケメンのカレシさんらしき人と一緒にね」

『え』

僕と光正が二人揃って驚きのリアクションを返す。母は一瞬不思議そうに小首を傾げるも、喋りたい欲が勝ったらしく、手をひょいひょい振りながら続けてきた。

「なんかただならぬ雰囲気だったわよ。いやね、最初、なんでか私のことを呼ばれた気がして思わずそっちの様子を窺っちゃったんだけどね」

『は、はぁ』

それは……気のせいじゃないかもしれない。もしそれが天道さんなら、会話に雨野という単語が出てきてもおかしくはないわけだし。

しかしそれより問題なのは、その相手のイケメンが誰かということであり……。

僕はそれとなく母に探りを入れてみる。

「えっと……そのイケメンカレシって、どんな印象の人だった？」

「？　どうして？」

「どうしてって……ほ、ほら、それ、ぼ、僕の知り合いかもしれないし」

「アンタ高校に友達いないじゃない」

　母って恐ろしい。フラットなテンションで息子の心に槍をぶっ刺してくる。

　僕は歪な笑顔で先を促す。

「い、一応、最近は多少知り合いや友達も、い、いないこと、ないから」

「あらそうなの。良かったわね。どんな子？　女の子の知り合いはできたわけ？」

　ぐいぐい訊いてくる母。知り合いどころか、なんやかんやで彼女までできましたけどね。

というか、今話題にしてるその子ですけどね、僕の彼女。……母からしたら、超展開にも
程がある情報だろうな、これ。……面倒だから今は言わないけど。

「それより、その、天道さんのイケメンカレシって、どんな風な人だった？」

　三角君だろうか、上原君だろうか、それとも僕の全く知らない人だろうか……。

　色々な可能性が頭を巡りそわそわする中、母は、困惑顔で返してくる。

「そう言われても、そこまで特徴なんて……」

　そりゃそうだ。街で軽くみた程度の人の特徴なんて、そうそう覚えているはずがないし、
たとえそれを聞けたところで、僕側にもそれが誰かを特定することなんて無理——。

「あ、ただ、声とリアクションが無駄に大きい子だった気がするわね。芸人さんで言うな
ら、ほら、あの……『なんて日だ！』の人みたいな？」

「上原君だ」

特定できました。僕が苦笑いしていると、母が意外そうに僕を見ながら続けてくる。

「あら本当に知り合いだったの？」

「多分ね」

「…………本当かしら」

「僕の足の長さをマジマジ観察して疑うのやめてくれる？」

アンタがこういう風に産んだんだろうが。

僕が恨みがましく見つめていると、母が続けてくる。

「まあ、あのカレシさんの奇行の件はさておき」

「奇行」

上原君のリアクション芸、サラリと奇行扱いされていた。……そうか……知り合い以外から見ると、上原君のアレ、奇行なんだなぁ……。……世知辛い。

「でも、見た目はホント絵になるカップルだったわぁ。やっぱり、可愛い子の隣にはイケメンがいてこそねぇ」

「ぐ……！」

「ほらほら、芸能人の格差婚的なやつもさ、一時的に盛り上がるけど結局上手くいかないケース多いじゃない？」

「そ、そうかな？　ほ、ほら。ロミオとジュリエットみたいな真実の愛だって……」

僕が目を泳がせながらそう告げると、光正が無表情でツッコミを入れてくる。

「最後に二人とも死ぬじゃん、あれ。家族としてはたまったもんじゃないよホント」

「光正ぇぇぇぇぇ……」

相変わらず兄にドライすぎる弟だ。兄への愛情とかないのかこいつには。

僕が唸っていると、母はもう話に飽きたらしく手をぽんと叩いて歩き出す。

「さってと、夕食作らないと！　今日は景太の好きなハンバーグよ」

「あ、やったぁ。…………じゃなくて！」

僕の抗議する間もなく、夕飯を作りに行ってしまう母。……まあハンバーグは楽しみだけれどさ！

僕はぷりぷりと怒りながら、フォローの言葉を求めて光正の方を見やる。と……彼もまた、どこか小馬鹿にするように兄を見つめ、呟いてきた。

「ま、せいぜい頑張りなよ。……最終的に勘違いで先走って自殺する間抜けなロミオ」

「言い方！　ぼ、僕はロミオじゃないし！」

「ふーん。じゃ、どちらにせよジュリエットとは結ばれないわけだ」

「あ」

「兄は平凡な人間なんだからさ。一般人らしく、使用人の娘あたりと幸せに暮らしたらいいんだよ。それで充分なんだって」

そう言いながら、スマホに目を落とす光正。台所からは、料理中の母のご機嫌な鼻歌が聞こえてきた。……ひ、人の気も知らないで、この人達は……！

………。

僕はもしかしたら、案外、家族愛に恵まれていないのかもしれない。

＊

「ラベアーズ？」

いよいよ修学旅行まであと十日程と迫った、ある日の放課後。

ファミレスにてアグリさんから耳慣れない単語を聞かされた僕は、ドリンクバーの薄いコーラに口をつけつつ首を傾げていた。

「そう、ラベアーズ」

再度言って満足げに微笑む対面のギャル。なにやらこちらの知識を試しているような雰囲気だ。これは……リア充なら知ってる系の単語とみた。

僕はコップをテーブルに置くと、胸の前で腕を組んでうむうむと頷く。

「あ、ああ、ラベアーズね。うん、知ってますよ、ラベアーズ。有名ですよね」

「だよね。流石にあまのっちでも知ってたか」

「当然ですよ。あれはそう……えっと……ちょっと前に、親戚の子が、えーと……」

「ああ、子供も好きだよね、アレ」

「なるほど」

「なるほど？」

僕のリアクションに怪訝そうな顔をするアグリさん。彼女はホットのレモンティーを一口飲んでから、先を続けてくる。

「いいカンジに、ふわふわだもんねぇ……」

「ですね。……で、えーと、そう、とっても甘く――」

「へ？」

「――は、ないですよね、はい。そういうんじゃないですよね、ラベアーズ」

「まあ、甘くはないと思うけど……」

「ええ。むしろさっぱりとして、塩味が効いて――」

「は？」

「いたりも当然せず。………。………。…………」

僕が視線を逸らして額に汗をかき始めていると、アグリさんは何やら呆れた様子で嘆息し、全部見透かしたような、憐憫の瞳で僕を見つめてきた。

「……あの、あまのっちさ」

「はい、なんですか、アグリさん」

「ラベアーズって……クマさんのぬいぐるみのことだよ？」

「…………。……そっちかぁ。…………。……ま、僕も知ってましたけどね、当然」

「いやコンティニュー無理だから。あまのっちの『ラベアーズ知ってた』キャラ、もう完全にゲームオーバーだから」

相変わらず、ファミレスで毒にも薬にもならないしょうもないやりとりを交わす僕ら。

……と。

『…………ふふっ』

なんだか二人、どちらからともなく吹き出してしまった。なんだか、無性に楽しくて。

実を言えば、こうして二人でファミレスにくるのは久々だった。キス未遂の件があって以降、表面的に一応決着したとはいえ、互いに色々気を遣う部分はあり、僕らが二人きりで合う頻度は明らかに減っていたわけで。

しかしこうして久しぶりにファミレス会を開いてみれば、なんてことない、僕らは相変わらずの、僕らだった。

……ちゃんと、以前と全く変わらない「友達」でいられることが、心から嬉しい。

二人、そのままひとしきり笑い合ったところで、アグリさんが改めて本題を切り出してくる。

「ラベアーズっていうのは、ディスティニーランド内のショップだけで毎日数量限定販売されている、クマさんのぬいぐるみなんだよ。特徴的なのは、必ず二体でペアになっていること。イラストもキーホルダーもぬいぐるみも、単体での描写は一つもないの」

「ああ……ラベアーズって、ＬＯＶＥＲＳとＢＥＡＲを合体させた造語ですか」

「その通り！　ね、これってどう思う、あまのっち？」

目をキラキラさせて訊ねてくるアグリさん。

そんな彼女に、僕もまた混じりけのない無邪気な笑みで素直なリアクションを返した。

「開発関係者全員滅べばいいと思います」

「なんでよ！」

テーブルを叩くアグリさんに、僕はやれやれと息を吐きながら応じる。

「つまりそれ、ぼっちの存在を否定する種族ですよね？　僕の敵以外何ものでもない」

「アンタだって今や超ド級のカノジョ持ちでしょうが！」

「『カノジョ持ち＝友達持ちの上位種』と思ったら大間違いですよ！　アグリさんは、ぼっちのことを何も分かっちゃいない！」

「いやいやいや！　カノジョ持ちなのに、未だぼっちを名乗る人間ってなんなのさ!?　それ普通に考えて、相当うざいよねぇ!?」

「気付かれましたかアグリさん。そうなんです。うざいんです僕。しかし、だからこそ……こんな、ぼっち業界にさえ身の置き場のなくなった今の僕こそが、むしろ、真のぼっち王だと言えるのではないでしょうかっ！」

「なんだこのこじらせ方！　あまのっちがどんどん変な方向に……って、いや、元々あまのっちは変人だったか」

「いや変人じゃないですから。モブキャラですから。変わってるねとか言われると軽く嬉しく思ってしまう、そういう類の根っからのモブキャラなんですよ。だから、変人なんて……そんな素晴らしい言葉で、僕を気軽に褒めないで下さい！」

「いやそのこじらせ方はもう充分『変わっている』域に突入していると思うよ……」

「おっと、話が逸れましたね。本題に戻しましょう」

「そうだね」

「で、アグリさん、いつ色ボケしたクマ公共に戦争仕掛けますか」

「なんの本題だ。……はぁ、あまのっち。ラベアーズへの種族的嫌悪は一旦忘れてよ」

「無理ですね。そいつらと僕は、きっと永遠に相容れない。何があってもね」

僕がムスッとしていると、アグリさんがぼそりと追加情報を足してきた。

「……プレミアム限定版ラベアーズに、割とガチな『入手した恋人達は永遠に結ばれる』系のジンクスがあったとしても？」

「なにレモンティーなんか啜っているんですかアグリさん！　今すぐラベアーズ大先生を買いにいきますよ！　ヘイ、カモン！」

即座に立ち上がりギャルを促す、掌返し系男子。

そんな僕を、呆れとも尊敬ともとれる独特の眼差しで見つめるアグリさん。

「あまのっちって、マジで小市民だけど、いっそ清々しい小市民でもあるよね……」

「未だかつてこんなに微妙なニュアンスの褒め言葉を僕は聞いたことがないです」

「大丈夫、亜玖璃側もただ褒めているつもりじゃないから。ま、とにかく座りんしゃい」

アグリさんに窘められ、僕はしぶしぶ着席する。

彼女はレモンティーを最後まで飲み干すと、改めて確認してきた。

「で、まあ今更だけど、あまのっち……限定版ラベアーズ、欲しいよね？」

「欲しいです。アグリさんのコミュ力を悪魔に捧げてでも欲しいです」

「勝手に亜玖璃を犠牲にするのやめてくれるかな。まあそういう亜玖璃も、あまのっちの毛根力を生け贄に捧げてでも欲しいんだけどさ」

「勝手に僕の未来を闇に閉ざすのもやめてくれますか？」

「ある意味『光り輝く』未来じゃん」

「うるさい。……まあ冗談はさておきですよ。そのプレミアム限定版ラベアーズ?とやらは、そんなに入手ハードル高いんですか」

僕の質問に、アグリさんは曖昧な表情で答えてくる。

「んー、まあねぇ……。別に生産個数が極端に少ないわけでもないんだけど……」

「？　だったら、入手も容易なのでは？　現地でしか買えない云々って話でしたら、それこそ近々僕らはディスティニーランドに行くわけですし」

だからこそアグリさんもこのタイミングでラベアーズの話題を振ってきたのだろう。

彼女はこくりと頷きつつ続けてくる。

「うん、だから購入チャンスの問題ではないの。一応ジンクスがあるとはいえ、別に長蛇の列ができるようなバカ売れ商品でもないみたいだから、亜玖璃もあまのっちも、ディスティニーランド入園したらまず真っ直ぐショップ行けば、まず間違いなく購入はできると思うよ。ただ問題なのは……」

「問題なのは？」

生産個数がそこそこあり、買う機会にも恵まれた商品の入手に、これ以上何の問題があるというのか。僕がぬるくなったコーラを喉に流し込んでいると、アグリさんはごくりと唾を飲んで切り出してきた。

「……このプレミアム限定版ラベアーズが、二万円もするってことなんだよね……」

「っ！」

思わずコーラを吹き出しかける。僕はなんとか耐えて無理矢理それを飲み込むと、あわあわと震えながらリアクションを返す。

「に、にまっ……⁉　ええ⁉　いやそれはちょっと……」

「だよね……」

言いながらアグリさんはスマホの画面を僕に突きつけてくる。

そこに映し出されていたのは、掌サイズのちっちゃな二体の可愛いクマのぬいぐるみ画像……の下に、まるで可愛くない数字が描かれている様子だった。

スマホを回収しながら、はぁとため息をつくアグリさん。

「あーあ……どこかのキモオタの毛髪生産力、誰かに売れないかなぁ……」

「妙な取引きの可能性を今一度検討するのはやめて下さい。しかし、二万ですか……」

「二万だねぇ……」

「…………でも正直、今、僕ら、すげー欲しいですよね、それ……」

「……だよねぇ……そうだよねぇ……あまのっちも、そう言うよねぇ……」

二人、嘆息が重なる。そのままドリンクバーのおかわりをするでもなく、黙り込んでしまう二人。

少ししたところで、僕の方から切り出す。

「……僕らって最近、ずっと、恋人に心配かけてばかりですもんね……」

「……わかる」

「かといって既成事実を作るみたいなノリには……今みんな、ちょっと消極的ですし」

「……わかる」

「そんな中、この素晴らしいジンクス持ちの限定ぬいぐるみを、修学旅行最終日に恋人にプレゼントする行為っていうのは……」

僕はそこまで言って……天道さんの顔を思い浮かべて、ふっと、柔らかく微笑む。

「……実に彼女を……交際相手を、安心させてあげられそうですもんね……」

「……わかる」

アグリさんも上原君を想ったのだろう。普段は見せない、凄く優しい顔をしていた。

僕らはしばし、互いの恋人が喜ぶ顔を想像してぽわぽわするも……その十秒後、またしても二人、同時にテーブルへと突っ伏した。

『でも、二万かぁ～……』

正直高校生にはドギツい金額だ。

いや、一応、修学旅行の際にある程度のお金は親に援助されるが……とはいえ、それで恋人への高額なプレゼントを買うとなると、抵抗がある。親にも天道さんにも胸を張れないというか。

となると、この二万、どうにかして自分達で工面しなければならないのだが……僕もアグリさんも、普段から財布に余裕のある人間じゃない。ここしばらくなんて、こうして二人でファミレスとか入っちゃうから尚更だ。

ちなみに僕の金銭事情はと言えば、毎月の親からのお小遣いと、あと、夏休みや冬休みの間に、少しだけ、親の伝手で軽いバイトをさせて貰うのでなんとか賄って――。

と、そこまで考えたところで、アグリさんと目が合った。……これは……いつもの、微妙に切り出し辛いことを抱えている時の目だ。つまりアグリさんは、最初から……。

「ね、あまのっちさ……」

「な、なんですか」

いやな予感に震える僕。……これは……まずい気がする。

僕は彼女から視線を逸らすと、慌てて口を開いた。

「あ、そ、そろそろ、時間も時間ですし、解散しましょ——」

「亜玖璃と一緒に、接客のバイト入る気ない？」

「ほらきたぁ！　ヒキオタぼっちを殺す提案！　ゴキブリにアー○製薬で働かないかと持ちかけるが如き、悪魔の所行！」

「いや、なにもそんな……」

苦笑いするアグリさんに、僕は断固として拒否の姿勢を貫く。

「接客だけは絶対いやです！　百歩譲って……断腸の思いでチケモンのプレイ時間を削ってバイトするのまでは許容できても、接客だけは無理ですって！　誘ってくれるのはありがたいですけど、他のないんですか、他の！」

「いやあまのっちさ、今バイトを選り好みできる立場じゃないでしょ、うちらって。短期バイトで、力仕事なしだよ。検索条件」

「いや、ぼ、僕だって男ですから、力仕事でも全然……」

「できないよね。できたとしても、修学旅行前に確実に体調崩すでしょ、あまのっち」

「…………」

悔しいけどアグリさんの言う通りだった。元々力仕事に向かない僕だ。根性だけなら振り絞れるものの、まあ、無理な労働には確実になる。それで体調崩して修学旅行に行けない、もしくは修学旅行を楽しめなかったんじゃ、本末転倒だ。

アグリさんが続けてくる。

「いや、丁度いいタイミングで友達から、二人分のバイトヘルプの話貰っててさ……。こりゃもうあまのっち誘うしかないと思ってたんだけど……やっぱり、接客はイヤだよねぇ、あまのっち」

「イヤというか、無理というか……」

……冷や汗が額に滲む。……胃が痛い。

接客業。

改めて考えてみると、僕にとってこれほど恐ろしい言葉もない。人と上手く接してお金を貰う作業。……僕のコミュ力不足が、店にまで迷惑をかけてしまう職業。

考えただけでゾッとする。僕のこの不甲斐なさが、僕だけの不利益のみならず、他人の不利益にまでなる状況というのは……殆ど地獄だ。

僕の真っ青な顔を見たアグリさんが、慌てて取り繕ってくる。

「だ、だよねだよね！　いや、ごめんねあまのっち！　言ってみただけだから、マジで。受けてもらえるとか、全然、これっぽちも思ってなかったし！」

「そ、そう……なんですか？」

力なく顔を上げてアグリさんを見る。彼女は「うんうん！」と激しく首を縦に振っていた。

「ダメモトで訊いてみただけだって、ホントに！　その……あまのっちと一緒に働けたら、亜玖璃も、頑張れるかなと思っただけだから……」

「へ……？」

僕がキョトンとしていると、アグリさんは照れたように「あ、変な意味じゃないよ？」とはにかむ。

「あまのっち忘れていると思うけど、亜玖璃だって元々は、別に誰とでも楽しく喋れる人間じゃないんだよ。だから正直、あまのっち程じゃないにしても、接客業はあんまし好みじゃないんだよね……」

「そう、なんですか……」

「そうだよ。でもさ……あまのっちが一緒なら、ちょっと、いいなって」

「まあ、知り合いがいた方が、楽ですもんね……」

「それもそうだけど。でも、それだけじゃなくてさ。その……こんなこと言うの微妙に恥ずかしいけれど、亜玖璃って、あまのっち相手だと、どうも無意識に姉貴風吹かそうとするとこ、あるからさ。あまのっちが隣にいると……その……なんだろ。い、いつもより亜玖璃は、ちょっとだけ、頑張れてる気がするんだよ」

「アグリさん……」

ちょっとジーンときて瞳が潤む僕。が、アグリさんはすぐに「でも」と続けてきた。

「ま、祐がいたら、亜玖璃のMAX性能はいつもの三千倍まで跳ね上がるけどね」

「ですよね」

でもそれを言うなら、僕だって天道さんのことを想えば……。…………。

「…………」

僕が俯いてしまっていると、アグリさんが少し慌てた様子で話を締めくくろうとしてきた。

「とにかく、色々言っちゃったけどあまのっちは断ってくれていいからね。まあ別に無理に亜玖璃に付き合ってラベアーズ買う必要もないし――」

と、ふと母の言葉を思い出す。釣り合う者同士が並んでいるのは、絵になる。……僕だって、自分が天道さんにまるで釣り合ってないのなんか、最初から分かっている。未だに何者にもなれていない男、雨野景太。

強キャラでもなければ有用な特殊能力持ちでもなく、恰好好くも可愛くもない。不人気チケモンみたいな存在。

だけど。

そんな僕を、それでも好きだと、選んでくれた人が、いるのなら。

そしてその人のために、今……こんな才能も実力もない僕でも「努力」次第で手に入れてあげられる、「安心」や「幸せ」が、あるのだとしたら。

それは……その機会だけは、絶対に――

「……やります」

――雑魚キャラの意地にかけて、取りこぼすわけには、いかないから。

「へ？」

突然の僕の気変わりに、アグリさんがぽかんとする。……僕本人だってびっくりだ。正直体は震えている。接客業のバイトなんて、一番向いてないことじゃないか。

だけど。……それでも……。

「お願いします」

僕は、膝の上で、ギュッと汗ばんだ手を握り締めると。

ゆっくりと上げた顔に、あらん限りの勇気を滾らせて、彼女に、答えたのだった。

「こんな僕でよければ、是非、その接客業のバイト……挑戦させて下さい」

＊

こうして、僕らの、修学旅行に向けた準備は……。………………。

……いや。

『崩壊』に向けた下準備は、着々と、整いつつあったのだった。

【雨野と亜玖璃と致命パリィ】

カノジョ持ちで、イケメンの友人がいて、その彼女の恋愛相談にも時折乗ってたりもする上、最近はカノジョ以外の女性に告られたりなんかまで、しちゃってる。

キミ達はそんなリア充の頂点みたいな男の名前を……もう知ってるよね！

どうもどうも、リア充モテ男子としてブレイク間近の男、雨野景太です。

いやー、まいっちゃうね。何がまいるって……そりゃ当然、リア充達待望のイベント、修学旅行の濃密さに、この僕もまいっちゃってるわけですよ！

HAHAHAHA！

いやまあ、まだ一日目の日程を終えたぐらいなんですけどね。え？　一日目なにしたかって？　ふふ、大阪ですがな、大阪旅行。

え？　具体的になにをしたのか言えって？

………えー、うん、まあ……。……いいじゃないか、その辺は、うん。

さ、さて、じゃあそろそろ、僕は行くね。多忙なもんで。

え？　今回このモノローグ世界切りあげるの早くないかって？

いやいや、それもそのはずさ。

だって、現実世界はと言えば現在、修学旅行一日目の夜、班ごとにあてがわれた、ホテルの六人部屋という——


「しっかし、誰かさんがトロいせいで今日は全然大阪楽しめなかったなぁ～」

「電車乗り継ぎの検索もまともにできないなんて、ありえるのかね」

「ゲーマー（笑）、使えねぇー」

「あーあ、五人班は部屋もゆったり使えていいよなぁ、マジで」

「おいおい、あんまり声大きいと聞こえちゃうだろ。隅っこで今更一生懸命スマホいじってる、本人によ」

——幻想にさえ逃げ込み辛い、針の、むしろなもので。

＊

『ぶははははははははは！』

あまりのいたたまれなさに部屋を出ると、ドアを閉じた途端に、鏑木君達の盛大な笑い声が聞こえてきた。

「……お楽しみ頂けているようでなにより」

僕は嘆息混じりに小さく呟くと、とぼとぼと肩を落として廊下を歩く。……小柄な僕には微妙に大きい部屋着の浴衣が、逆に動き辛かった。

「まぁ、昼間の乗り継ぎの失敗は確かに僕が悪いんだけどさ……」

ただ少し言い訳させて貰うなら、彼らは僕が組んだ乗り換えスケジュールを、あえてタラタラ歩いて壊してはテンパる僕を見て楽しむ部分があり、それが何度も重なりに重なった末に……最終的に遂に僕が乗り継ぎミスを起こしてしまったという背景だったりも、するわけで。

とはいえ最後にミスを起こしたのは紛れもなく僕だ。前も言ったかもだけれど、こちら側になまじ「被弾する箇所」があると人は辛い。特に僕みたいな人間は……「自分が正しい」と心底信じられる主張でもない限りは、相手を攻撃しようと思えない。

……ちゃんと言わないと、何も解決しないのは分かる。だけど、言っても不毛な結末に向かうだけなのも、予想がつくわけで。

「……はぁ、情けない……」

つくづく自分の「小ささ」がイヤになる。まるで悪い妖怪にでもとりつかれたかのように、全身が重かった。

修学旅行一日目。それは、思っていた以上に……正直、辛かった。思い出したくない程に。ひとっ風呂浴びて部屋でくつろいでも、何一つ疲れが抜けない程に。

肩を落としつつ、廊下の突き当たりでエレベーターを待つ。と、背後から他のクラスの子と思しき女子達が、大きな声で喋りながら七人ほどの団体でやってきた。

彼女達は、僕の背後に並び、なにやらひそひそ喋り出す。

「ねぇ、確かここのエレベーターって、狭かったよね」

「あー、六人用ぐらいじゃなかった？」

「やばくない？」

「いや詰めればいけるっしょ。もっちーの体重があれだけど」

「うっせーよ。でも詰めるたってさ、ほら……」

そこまで言ったあたりで、背中に凄まじい視線を感じる。具体的に言うと、女子七人分の、痴漢に向けるそれに近い性質の視線だ。いや痴漢したことないけどさ。

僕は額に汗を滲ませると、小さく独り言を呟きつつ、ぎくしゃくした動きでそっとその場を離れていく。

「…………あー……へ、部屋にアレ忘れてきちゃったなぁ……そうそう……あれあれ」

しょーもない言い訳をしながら、そそくさとその場を去る。直後僕が呼んだエレベーターがやってきて、女子達がきゃっきゃとそれに乗り込む気配がした。

…………さて。

「……階段は、と」

今ふと、僕がひきこもり体質の割には意外と太らない理由の一端が見えた気がする。まあ気のせいだと思うけど。リア充王だしね、僕。……ここ八階で、ロビーは一階だけどね。まあ下りだしね。問題ない、問題ない、全く問題ない。なんか階段の電灯チカチカしてて、当然人気もなくて、正直超怖いけど、まあ、問題ない。

「どうせ時間はあるわけだし……」

そんな悲しい独り言を呟きながら、ゆっくり階段を下りていく。気持ちを紛らわせるのを兼ねてスマホ画面のロックを解除すると、先程までやりとりしていたメッセージアプリのグループチャット画面が現れた。

《自分：誰か今暇している人とか、いませんか？　部屋に居づらくて……》

《上原祐：わりぃ雨野、ちょっと俺はカードゲーム中で抜けられそうにねぇわ》

《天道花憐：ごめんね雨野君、今丁度部屋の子が真剣な恋愛相談始めちゃって……》
《星ノ守千秋：自分は今まさに大浴場入るところでして……》
《亜玖璃：やーいキモオタぼっちｗ　皆に断られてやんの。お可哀想なこと！》
「…………」
余計に気が滅入ってしまう。普段自分から誰かをあまり誘ったりしない人間だけに、こうして勇気を振り絞って恐る恐る声をかけた際に全滅だと、もうホント心折れる。泣きたい。死にたい。アグリさんを地獄に道連れにするカタチで死にたい。
スマホをポケットにしまい、黙々と階段を下りていく。
……既にお察しのことと思うけれど、僕の修学旅行初日は、概ね、こんなカンジだった。
移動の際の席も班で固まるため、天道さんどころかクラスメイトの上原君とさえまともに絡めない始末。僕以外の鏑木班の五人はといえば、どうも「僕をネタにすることで」五人の親交を深めるモード（またの名を地獄という）にでも移行したらしく、まあ意地悪なクスクス笑いの止まらないこと止まらないこと。
最近はすっかりリア充気取りの僕だったけれど、一歩ゲーム同好会を離れると、途端にやっぱりぼっちだった。誰とでも上手く絡める上原君や天道さんとはまるで違う。
「でも……僕だって、僕なりに、結構頑張ってみたんだけどな……」

実は修学旅行の一週間ほど前から、僕はことあるごとに、なけなしの勇気を振り絞って、鏑木君を始めとした班員の皆に積極的に声をかけたりしてみていたのだけれど……まあ結果は惨敗もいいところだった。

むしろ変に「下手」に出まくったせいか、今や男としては完全になめられ、以前より露骨にアレな態度を取られている始末。泥沼だ。

四階と三階の間の踊り場を通り過ぎながら、僕は大きく嘆息した。

「……はぁ。僕ってホント……」

成長がないというか、なんというか。致命的なのは、自分の何がいけないのか、どうしたら治せるのかが、結局分かってないあたりだろう。

今で言うと……部屋に居座って鏑木君達にぐいぐい絡めば良かったのか。エレベーターにも堂々と乗れば良かったのか。……分からない。これが上原君だったら、天道さんだったらどうしたのだろう。…………。

「……なぜだろう。具体的なやり方は想像もつかないのに、二人とも、僕と違って颯爽と切り抜けられているビジョンが浮かぶ……」

やばい、更に凹んできた。高校で友達がまるでできないで過ごしていた一年生の後半から既に危惧はしていたけれど、この修学旅行というヤツ、想像していた以上の地獄だ。こんなんなら、くるんじゃ――。

「……………いや」

――そう後悔しかけたところで、僕はピシャッと自分の頬を叩く。

「なに言ってんだ僕。最終日に天道さんと遊んで、そして、必死でバイトして溜めたお金でプレゼント渡すんだ。そのためなら、こんなの、なんてことないじゃないか」

別に誰かから暴力を受けているわけじゃあるまいし。まったく。なよなよすんな、僕。

「……よし！」

僕は改めて気合いを入れ直すと、強い足取りでロビーへと向かい、そうして――

「ほら見ろよやっぱりロビーきたぜアイツ。うぇーい、俺の総取りー」

「まじかよ鏑木の一人勝ちじゃねえかチクショウ」

――エレベーターで先回りして待ち構えていたらしき班員達が僕を見つけてゲラゲラ笑っている場面に遭遇した瞬間、僕は……いよいよ心が折れそうになってきた。

「…………っ」

怒りが故か、悔しさが故か、顔が紅潮してくるのが自分でも分かる。だけどそれこそがむしろ悔しくて、止めたくて、だけど止められなくて。

情けなくて足が止まり、そして、震える。あらゆる意味で、これからどうしていいのかが分からなかった。世界から自分の居場所が完全に消されたような気さえしていて。

「(何を……大げさな……)」

そんなこと、自分でも頭じゃ分かっている。なのに……心が、すぐには立ち上がれない。

立ち上がってくれない。

彼らに、僕が「折れる」場面だけは見せたくない。ゲーマーとして、エンジョイ勢として、そんな最低の娯楽だけは意地でも提供してやらない。そんな気概は充分にある。あるのに……。

立ち上がるために必要な、軽く縋る杖の一つさえ、今はどこにも見当たらなくて。

僕は……僕は……そのまま彼らに屈するかの如く思わず俯いて——

「け、ケータ?」

——そんな瞬間だった。突然、誰かに声をかけられたのは。

ハッとして俯きかけた顔をあげる。と、そこに居たのは……。

「……チアキ?」

「は、はい。……ふぅ」

なぜか少し息を切らした様子のチアキだった。唖然とする僕に、チアキは照れくさそうに微笑みながら、口早に説明してくる。

「あのあの、えと、慌てて服着て出てきたもので……って、あ、いや、ちがって、その、大浴場にいたのですよ自分！　だけど服脱いだところでケータのメッセージを読んで……って、いや、あのあの、今の服脱いだ描写はやっぱりなしで！」

なにか一人で説明し、一人でテンパるチアキ。……相変わらず、僕と同じぐらい、喋るのが苦手そうな女子だった。

僕はそんな彼女を見ると、途端に……先程までの、勝手に著しく追い詰められていた気持ちが、すっと消えて行くのを感じた。

この世界に……小さいけれど、とても温かな居場所が、ぽつんと現れたような。

と、見れば、鏑木君達が酷くつまらなそうな顔で僕らを見ていた。……これは……チアキにとって、あまり良くない空気な気がする。彼女まで目をつけられたらたまらない。

ようやく頭が回ってきた僕は、チアキを促して元きた階段の方へと足を向ける。

「じゃ、上行こうよ、チアキ」

「へ、上って？」

「階段下りてくる時に三階で、大きめの休憩所兼ねた自販機コーナーを見かけたのを今更思い出したんだよ。お客さんの気配全然なかったし、丁度いい穴場かも」

「あ、そうなんですか。了解です、ぜひぜひ行きましょう」

「うん。………お礼に、ジュース奢るよ」

「ほへ？　なんのお礼かよく分かりませんが、珍しいのでお言葉に甘えます。わーい」

にこにこ笑いながら、軽い足取りで僕に続いて階段を上ってくるチアキ。

僕は……彼女から顔を逸らすように前を向くと、小さく……本当に小さく、彼女に絶対聞かれないように、呟いたのだった。

「………………ありがとな」

「あ、いえいえ、どういたしましてです」

「な、なんで聞こえてんだよ！」

「ふぇええええ!?　今どうして怒られたんですか自分!?」

突然僕に怒鳴られたチアキが、涙目で怯えていらっしゃった。……まったく。

＊

「ですです！　そうなんですよ！　ゲームのレビューは《☆4》あたりがホント参考にするには丁度良いケースが多いんですよね！」

「ホントそう！　いや《☆5》や《☆1》の全てが過剰だとは言わないけどね。特に購入を迷っている時に背を押してくれる《☆5》や《☆1》はホントありがたいし！」

「はいはい！」

「だけど、やっぱりゲームの良い点悪い点をバランス良くきちんと語ろうとしてくれている文章は《☆4》～《☆2》あたりに多い印象なんだよね！」

合流から五分後。三階の自販機コーナーには、活き活きとした男女の声が響いていた。

僕の言葉に、チアキが「我が意を得たり」とばかりに興奮気味に前のめりになる。

「ですねですね！　まあ一方で、名作に対する《☆5》のレビューに深く共感したり、ガチの駄作に対する《☆1》のレビューに胸がスッとしたりもありますけどね！」

そして彼女から返ってくる言葉に、僕もまた、何度も頷いて応じてしまう。

「あるある！　本当の駄作をプレイした時は、《☆1》レビューのボロクソさに、過剰だとは思いつつも、救われる時があるよね。ああ、あの不快感や苛立ちを覚えたのは僕だけじゃなくて良かった……みたいな！」

「ありますあります！　あとあと、悪い点をあげつつも、とはいえ『俺は超感動したので☆5！』みたいな妙に熱い評価も好きですよ自分！」

「わかる！　公正さは欠いていても、全然それでいいと思わせるレビューってのもあるよね！　ま、なんだかんだ言っても、結局は好き嫌いの世界だしねぇ」

「ですねぇ」

と、そこでようやく、僕らの激しいオタク同士の会話が一旦落ち着いた。

地元じゃ見かけないサイダー（味は普通）を飲みながら、辺りを見渡す。

静けさに満ちた三階の休憩所。四台の自販機とゴミ箱、そして二人掛けのテーブル席が二つという簡素な空間だ。

ただ、今日はこのフロア自体に宿泊客がほぼいないらしく、場は静けさに満ちていた。

また階段からも少し廊下を行った先にある休憩所のため、音吹の生徒もやってこない。時間を潰すには丁度いい場所だった。が……。

「………」

それでも、先程のことがあるため、鏑木君達が様子を見にくるんじゃないかと少しそわそわしてしまう僕。

そんな僕を見かねたように、チアキがどこか茶化すように嫌味を言ってくる。

「天道さんと一緒の班という勝ち組の自分と違って、ケータは可哀想ですねぇ」

「く……まさかこんなにチアキを羨ましく思う日がくるなんて……！」

「ふふー。天道さんは可愛いですし、優しいですからねー。自分、天国ですよ！」

「うぐぐ……小憎らしいワカメめ！」

「ジメジメと日の当たらないモヤシは可哀想ですねぇ」

ケラケラ笑って、自分のサイダーを一口呷るチアキ。……いつもは腹の立つ敵だけれど、今日ばかりは、そのいつも通りさに心底救われた。

僕が思わず微笑を浮かべてしまっていると、それを見たチアキが嬉しそうに笑う。

「良かったです。ケータが、ちゃんと、ケータで」

「なんだそれ」

「なんでしょうね」

苦笑いして、サイダーの缶をことりと丁寧に両手でテーブルに置くチアキ。……チアキの浴衣姿は、僕と違って、実にサマになっていた。スタイルがいいせいなのだろうか。認めたくないけど……実際やっぱり美人さんの部類なのだろう、こいつは。

……僕はなんだか妙に落ち着かず、思わず彼女から視線を逸らしてしまう。

「しかし……なんで最近天道さんと三人で喋る機会に恵まれないんだろうね、僕ら。こうして二人で喋る機会は多いのに」

「ですね」

チアキはそう頷いて、やれやれと続けてくる。

「……自分なんか今、天道さんと同じ班なので、早くスッキリしたくて仕方ないですよ。ケータと悪いことしている気持ちです。……今は完全に、ただの、友達なのに」

そう言って、ニコリと笑うチアキ。……どうやら無理をしている様子でもないその笑顔に、僕はほっと胸をなで下ろす。

「(そ、そりゃそうだよな。あんな手酷(てひど)くフッた男を、未(いま)だに好きでいるとか、ないよな。まったく、自意識過剰すぎんだろう、僕……)」

むしろ妙な男女意識を持ってしまっていたのは僕の方だったかもしれない。なんて女々(めめ)しいのだ。反省しないと。

僕は今度こそ正面からチアキの目をきちんと見据(みす)え、改めて雑談を切り出した。

「ところで、チアキはチケモン、やってるの?」

その質問に、チアキは目をキラキラ輝(かがや)かせて再度身を乗り出してくる。

「はい！　勿論(もちろん)です！　あのあのっ、ケータもやってますか、チケモン！」

「勿論だよ！　え、チアキはどんな感じの進行度?」

「えっとえっと……あー、自分はその、最近ゲーム作りを並行してたのもあって、あんまり進んでおらず……。主力メンバーの平均レベルが、30ぐらいですかね……」

「え、そうなんだ！　僕も僕もっ、同じぐらいだよ！」

普段(ふだん)ならもっとやれているところなのだが、僕の場合はバイトがあったため、結果として偶然(ぐうぜん)にもチアキと進行度がかぶっているようだった。

チアキが興奮した様子で提案してくる。

「じゃあじゃあ、今いい感じで対戦できますねっ、対戦！」

「僕もそれ思った！　丁度いい対戦相手探してたんだよ！」

「自分もです自分もです！　やー、持つべきものはやっぱり友達ですね！」

陰りのない笑顔で本当に幸せそうにそう言ってくれるチアキを見ていると、不思議と僕も、とても満ち足りた気分になる。

チアキはうずうずとした様子で思わず立ち上がると、笑顔で提案してきた。

「じゃあじゃあ、今からゲーム機持ち寄って是非一戦――」

――と、彼女がそう言いかけたその瞬間だった。


「こ、こんばんは、雨野君に……千秋さん」

どこか緊張気味に金髪の美少女が……浴衣姿の僕のカノジョさんが、声をかけてきてくれたのは。

僕らは雑談を直ちに中断すると、こちらもまた緊張気味に『こ、こんばんは』とハモって天道さんに応じてしまう。……なぜだろう。悪いことをしていたわけでは全くないのに、僕らは今、何かを見咎められたような気持ちだった。

　三人の間に微妙な静寂が訪れる。……と、僕はここでふと気付いてしまった。

「（あれ、今こそ、例の告白の件を打ち明ける絶好のチャンスなのでは？）」

　三人きりで、周囲に人がいなくて、落ち着いて喋られる状況。

　見れば天道さんもチアキもそれに気付いているらしく、だからこその、余計にこの妙な緊張感が発生しているらしかった。

『…………』

　誰も、中々口を開けない。……ここは、僕がしっかりしないと。

　僕は覚悟を決めると、いよいよ「あの話」を切り出すべく、大きく息を吸った。

「…………。……あ、あの、天道さん！　僕とチアキから、お話が──」

　瞬間、天道さんの顔に著しい緊張の色が滲む。しかしそれでもこれはいつか言わなきゃいけないことだからと、僕は気力を振り絞って──

「あ……で、ではでは自分、そろそろ大浴場に入りますね！」

『へ？』

　──僕も天道さんもようやく覚悟を決めた矢先、それを今度はチアキがかわしてきた。

　ぽかんとする僕に、チアキが寄ってきてこそっと耳打ちしてくる。

「(旅行中に天道さんと二人きりで喋られる数少ない機会ですよケータ！　今はちゃんと楽しんで下さいです！　是非！)」

「(え？　でも、今言わないとチアキ、旅行中モヤモヤと……)」

「(そんなの些末なことですよ！　友達がカノジョとの思い出を作れるチャンスを潰してまでやることじゃ、絶対ないです、はい！)」

優しい笑顔でそんな提案をしてくれるチアキ。……こいつはホント……。

僕は……僕は少し迷ったものの、最終的にはその厚意に甘えることにした。

「えっと、じゃあチアキ、また、そのうち対戦を」

彼女に手を振る僕。天道さんが「え、あの……」と戸惑う中、チアキはそそくさと退散しつつ僕に手を振る。

「はい、是非！　ではでは花憐さん、ごゆっくりです！」

そのまま、小走りで廊下を去って行くチアキ。僕は彼女の背を見送ると、天道さんに着席を促した。

「あ、どうぞ天道さん、座って下さい」

「え、あ、はい、じゃあ……」

おずおずと、先程までチアキの座っていた場所に腰を下ろす天道さん。未だに何やら戸惑っている様子の彼女に、僕は努めて明るく振る舞った。

「あの、ありがとうございました天道さん。わざわざ、僕を心配して様子を見に来てくれたんですよね？」

「え？　あ、は、はい。いえ、でも、あの、中々出てこられなくてすいません……」

しょんぼりと項垂れる天道さん。……ああ、浴衣姿で憂いの表情を見せる天道さんは、やっぱり美人だなぁ、映画みたいだなぁ。ほわぁ……。…………。

って、違う違う。フォローしないと！　僕は慌てて首と手をぶんぶんと振った。

「いえいえそんな！　軟弱なこと言う僕が悪いんですよこんなの！」

「そんなことは……」

「それにほらっ、今見たように、チアキが来てくれましたから！」

「そうですか……千秋さんが……誰より早く……」

「て、天道さん？」

な、なぜだろう、フォローすればするほど、天道さんがどんよりしていくのは。僕は一体どうすれば……。

僕はぽりぽりと後頭部を掻いた後……なけなしの雑談案件を絞り出す。

「て、天道さんって、チケモン、やってます？」

い。
この期に及んでゲーム話題しかない自分が心底恨めしいが、それが僕なんだから仕方な

天道さんは……ふるふると首を横に振ってきた。

「いえ……やってないですね」

「そ、そうですか」

「ええ」

「…………」

「…………」

相手が自分と同じゲームをやっていなかったらそれで雑談が終わってしまう僕ってなんなの？ 馬鹿なの？ そりゃ友達できないわ。自業自得にも程がある。

と、僕が困っている空気を察してくれたのか、今度は天道さん側からチケモンの話題を掘り下げてきてくれた。

「えっと、面白いですか、チケモンの新作」

「え、あ、はい！ 凄く面白いですよ！ 一人で遊んでも充分に楽しいですから！」

「そうなんですか。でも雨野君、対戦はなさらないんですか？」

「ええ、あんまり丁度いい対戦相手がいなくて……。友達も全然ですし……」

　やばい、情けない。これじゃまた天道さんに心配をかけてしまう。

　僕がだくだくと冷や汗をかいて思考を巡らせていると……突然、天道さんがパンと手を打って輝く笑顔を見せてきた。

「で、でしたら、これから私がプレイして――」

　と、しかしそこで僕はようやく先程のチアキとの約束を思い出し、天道さんに心配や迷惑はかけまいと、笑顔で付け足す！

「あ、でもっ、チアキが対戦してくれるらしいんですよ！　なんか奇跡的に僕と同じ進行度でして！　いやぁ、ありがたい！　実にありがたいですよ、これは！」

　瞬間……なぜか目からスッと活力が失われていく天道さん。

「ああ……千秋さんが貴方のお相手を……ソウデスカァ……」

「は、はい！　だから全然心配しないで下さい天道さん！　大丈夫ですから、僕！」

「はは……そ、そうですかぁ……」

　あ、あれ、おかしいな、天道さんが明後日方向を見ている。なんでだろう。彼氏が不甲斐なくて呆れちゃっているのかな。フォロー、間に合わなかったかな……。

『………』

　再び会話が止まる。自販機のブゥゥンという不穏な稼働音だけが場に響く。

……おかしいな。修学旅行の夜に美人のカノジョと二人きり……って、字面的にはリア充生活ここに極まれりみたいなシチュエーションじゃないか。

なのになんだこの、ホラーゲーム序盤みたいな重苦しい空気は。

天道さんが、ふっと自虐的に笑う。

「……遠目に少し見ていましたが……先程まで、とても楽しそうでしたよね、雨野君と千秋さん……」

「うっ⁉」

なにこれ、僕今、鏑木君達と一緒の部屋にいた時の比じゃない居心地の悪さを覚えているのだけれど。

僕はなんとか口元に笑みを貼り付かせて、天道さんに応じる。

「て、天道さんと二人きりで過ごす今の方が、百万倍楽しいですよ！」

「そうですか」

「そうですよ」

「…………」

「…………」

「…………………………………。…………………………ふふ」

何やら天道さんが突然にやけた。正直かなり気味が悪くてびくっとしてしまう僕。

と、天道さんがあせあせと慌ててフォローしてくる。

「い、いえ、今のは違います。わ、分かっているのです、流れ的に、貴方の完全なる世辞に対して、今の私が更に落ち込むリアクションをするのが正解だったことは、分かっていたのです。ですが……悔しいかな」

そこで、ぐっと拳を握り締る天道さん。

「この天道花憐……たとえそれが世辞だと分かりきっていても……貴方に褒められたら、笑みを零さずにはいられないのですよぉおおおおお！　うぉぉおおおん！」

「うぉぉぉおおおおん!?　ど、どうしたんですか天道さん！　なぜ泣くんですか!?」

「頭が拒否しても、カラダが悦んじゃうのですよぉぉ、雨野くぅぅうん」

「いやホント公共の場で何言い出してるんですか貴女!?　大丈夫ですか!?」

心配する僕に、天道さんは相変わらず涙ぐみながら一生懸命告げてくる。

「やっぱり大好きぃぃぃぃ」

「ぼ、僕の方こそです！　っていやいやいや、なんですかこれ!?　というか『やっぱり』ってなんですか!?　一度何か失望されていた気配がびんびんするのですが！」

「貴方に失望なんてそんな、違います、そういうんじゃなくて、ただ、私が……」

「天道さんが？」

「…………」

僕が訊ね直すと、何やら少し考えこみ。そして……彼女はどこからか取り出したティッシュで涙を拭き、洟をかむと、ようやく、ニコリと、いつもの天道さんで応じてきた。

「いえ、なんでもないです。気にしないで下さい、雨野君」

「え？」

瞬間、僕はとてつもない疎外感を覚えた。なぜか、出逢ったばかりの頃の天道さんを思い出す。人あたりは柔らかいのに……なにか、互いの心が真には通ってないような……。

僕が不安に襲われていると、天道さんがすっかりいつもの調子に戻った様子で話題を逸らしてきた。

「ところで聞いて下さいよ雨野君。今日の千秋さんったら……ふふっ、面白かったんですよ？　班行動中に、ちょっとゲームセンターの前を通りかかったのですけどね——」

そのまま、楽しげに一日のでき事を語り始める天道さん。それに対して僕はもう、笑顔で相槌を打ち続けることしかできず……。

こうして、修学旅行一日目は、多くの不安を抱えたまま終わっていったのだった。

上原祐

二日目の京都はクラス単位での見学だったため、これといった山はなかった。

寺や仏閣にバスで移動し、ガイドさんの説明を聞いたり聞かなかったりしながら友人達と名所を見て、たまに写メを取り、ぼんやりと歩く。

雑談できる分、授業よりかは楽しいと言えば楽しいが、日常を大きく逸脱して楽しいかと言えば疑問だった。

「なんか意外とフツーだよな、修学旅行って」

とは一緒に居た雅也の言葉である。あまりに情緒に欠ける感想だったが、確かにその通りだった。

俺達の場合、普段つるむメンバーでそのまま班を組んで動いているから尚更だ。いつものメンバーでいつものように行動していれば、多少場所が違っても、それは日常でしかない。あまり興味のない寺社仏閣巡りなのが更に痛い。

ただそんな俺でも時折は京都の風景に見とれてしまう瞬間もあって、そんな時は不覚にも……「ああ、亜玖璃と一緒に見たかったな」なんて思ってしまうのだった。勿論、雅也達にからかわれたくなかったから、態度には出さなかったが。

しかし世の中には、そういった感情を態度どころか口にまで出してしまう純情な輩もいるもので。

「ああ、天道さんと一緒に見たかったなぁ」

風もなく波が穏やかな鏡湖池の水面へと見事に映り込んだ金閣寺の像に、うっとりとしつつ独り言を呟くぼっち少年。

すっかりクラスメイト達から遅れている友人の姿を見つけた俺は、やれやれと嘆息しつつ彼に近づき声をかけてやった。

「よ、孤独」

「なにそのダイレクトに悲しい呼び名。やめてよ上原君……」

げんなりしながら俺を振り返るぼっち少年。俺は鏑木達が少し離れているのを確認すると、雨野の隣に並び、一緒に黄金色の建築物を眺めた。

「カノジョ持ちなのにカノジョと離ればなれってのは、いっそただのぼっちより寂しい気がしないか、雨野」

「なにそのリア充論理……と前の僕なら言っていたろうけど、確かに、そうかも」

力なく笑って切なそうに景色を眺める雨野。彼の場合クラスに友達もいないから、その寂しさたるやひとしおだろう。本当なら俺がもっと一緒に居てやればいいのだが、鏑木達と折り合いが悪いのは俺も同じ。あんまり彼らを牽制するように雨野に絡みすぎて、逆に班行動の際に雨野に反動がいくのは避けたいわけで。

こうしてクラス行動の合間のちょっとしたタイミングで声をかけるのが関の山だった。

雨野はふと、マジマジと俺の顔を見て、ため息をつく。

「……はぁ。上原君はロミオの器だよなぁ……」

「は？　なんだ急に」

「ま、勘違いこじらせて死ぬんだけどさ、ロミオ。そこも含めて上原君だよなぁ」

「お前よくこの状況で唯一の友達に喧嘩売ってこれたなおい」

俺が軽く胸ぐらを掴む動作をすると、雨野は「ごめんごめん」と笑う。

そうして、それから簡単にだが、彼が最近感じているらしい天道との格差や距離感に対する悩みを打ち明けてきた。

金ピカで眩しい観光名所を眺めながら、俺は苦笑する。

「あれと釣り合う、釣り合わないって言い出したら、この世の男は大概どうにもならねぇって。気にするだけ損だろ、んなもん」

「まあそうなんだけどさ。僕も……僕自身の覚悟としては、人に失望されても構わないと思っているんだよ？　でもさ……」

雨野は、少し雲のかかり始めた空を眺めながら、呟いた。

「僕のせいで、天道さんの笑顔が曇るような事態には、耐えられない」

「…………なんかあったのか？」

彼に自信がないのはいつものことだが、今回はいつもより更に言葉に真剣味を帯びている気がする。

俺が訊ねると、雨野は「んー」と複雑そうに唸った。

「何か特定のことがどうこうというよりは、色々な積み重ねかな。天道さんの態度が気になったり、あとは……思った以上に鏑木君達が――」

と、雨野はそこまで言ったところで、俺の後ろの方を見て突然ぎくりと言葉を止めた。

何かと思って振り返ると、そこには……。

「鏑木……」

いつの間にか彼が、ニヤニヤとイヤな笑みを浮かべながら近付いて来ていた。そのすぐ背後には、鏑木班の四人の姿。

「じゃ、じゃあね、上原君」

雨野が慌てて俺から離れ、鏑木班に合流しようとする。が、鏑木はそんな雨野を軽く無視するカタチで俺の方に近付いてくると、妙に馴れ馴れしく笑いかけてくる。

「お楽しみのところ悪いね、上原君」

普段は「上原」と呼ぶくせに、雨野に倣ってわざと君付けしてくる鏑木。背後の班員四人がくつくつと小さく笑う。……大方、俺と雨野の仲をネタにして笑っていたのだろう。

雅也達に軽くからかわれる分にはいいが、大して交流もないこいつらにそれをやられると、本当に向かっ腹が立つ。

が、ここで波風を立ててもやはり雨野が困るだけだ。俺は……あえて一切リアクションを取らず、彼を無視し、ただただ美しい金閣寺を眺め続けてやった。

「……はんっ」

俺の態度に鼻白んだ様子を見せる鏑木。これが普段なら、互いにそのままそれぞれの居場所へと別れるところなのだが……しかしどうも今日ばかりは、普段より鏑木の気が大きくなっていたらしい。

彼は雨野のみならず俺にも何か一撃加えないと気がすまないのか、完全に余計な……最低の一言を付け加えてきた。

「頭と尻の軽そうなカノジョにもよろしくな、上原君」

瞬間、俺は思わず激昂に駆られ鏑木に手を上げかけるも、即座に冷静な俺が自分へと待ったをかける。

「(んなことしたら修学旅行が台無しだ)」

ここで暴力沙汰なんて、班員達に……友人達に申し訳が立たない。なんとかそう判断できた俺はギリギリのところで怒りを収め、ここは嫌味の一つでも返すだけに留めておこうと、改めて鏑木に向き直り、そこで——初めて気がついた。

「……え?」

既に雨野が……気弱なぼっちの雨野景太が、鏑木の胸ぐらを掴み上げていたことに。

「な……」

鏑木本人は勿論、俺も、鏑木班の班員達も……何が起こったのか分からず、ただただ唖然として状況を見守る。

と……最初に口を開いたのは、鏑木だった。

彼は相変わらずへらへらと、雨野当人じゃなく、周りに同意を求めるように語る。

「キレる若者、マジ怖ぇー。ゲームのしすぎやべぇわー。これガチで引く――」

「黙れ」

雨野が、これまで聞いたこともないドスの利いた低い声で告げる。鏑木の軽口が止まり、班員達がごくりと息を呑んだ。

……完全に、雨野の目が、据わっていた。本当に、何をしでかすか分からない。そんな、ただならない空気だ。

現在丁度周囲に他の観光客がいないタイミングだったのだけが幸いだったが……いつ、本格的な騒ぎになってもおかしくなかった。実際もう、背後から次の団体客が迫ってきている。

鏑木はそこに希望を感じたのか、再びへらへらと笑おうとするも……雨野の目を見て、すぐに表情がひきつってしまった。それもそのはずだ。なにせ……。

「…………」

――完全にキレている人間の目、というのを、俺達はその時生まれて初めて見た。

以前、俺に怒ってきた時のあいつともまるで違う。理性のタガが外れた顔つき。

もはや喧嘩の腕がどうこうという話じゃない。首一つになっても食らいついてきそうな、……そんな妄念じみたものさえ感じられ……ただただ、恐ろしい。

雨野が、更に鏑木の胸ぐらを機械的に締め上げていく。

「…………い」

瞬間、鏑木の目が完全に怯えるもののそれに変わる。それはもう……喧嘩や小競り合いの範疇を完全に超えた事態だった。

ことここに至り、俺はようやく彼らの間に割って入った。

「お、おいっ、もうやめとけ雨野！」

俺の大きな声に、雨野がハッとした様子を見せる。瞬間、彼の腕から力が抜け、鏑木が拘束を逃れた。

けほけほと噎せながら班員の許まで引き返した彼は……今度は恥辱の意味で顔を真っ赤にし、俺達を強く睨み付けた後、足早に去っていってしまう。慌てて彼を追う班員達。彼らの顔にもまた、雨野に対する著しい怯えが見てとれた。

鏑木班が退散していく光景をぼんやりと見守っていると、突然、雨野が「ねぇ」と俺を振り返ってきた。

俺は思わずぎくりと身構えてしまう。が……。

「あの、えと、さ……」

いざ、こちらを振り向いた雨野の表情はといえば——ある意味いつも通りの、実に情け

ない、後悔に打ちひしがれたような涙目だった。

彼は班員達の去っていった方向を指さしながら、ぷるぷると震えつつ訊ねてくる。

「ぼ、僕の楽しい修学旅行って……その……ま、まだ、挽回、可能、だと思う？」

「………………」

俺は静かに首を横に振ると、彼の頭にぽんと手を置いてやる。

「諦めろ。これ以上ないぐらいのゲームオーバーだぞ、今の」

「そんなぁ……」

途端に、先程までの雰囲気はどこへやら、肩を落として嘆き始めるぼっちゲーマー。

俺が呆れて眺めていると、雨野は今度は心底悔しそうに唸りだした。

「くそぉ、アグリさんのせいだぁ。……あのアバズレギャルめぇ……」

「おいおい、お前は暴言吐くのかよ」

「僕はいいんだよ」

「ははっ、お前は亜玖璃のなんなんだよ。……ほら、俺達ももういくぞ雨野」

俺は雨野の背中を押して強引に彼を先へ促しつつ、カラカラと笑う。

しかし、その一方で……。

「……ホント、マジでお前は……。……いや、俺は、亜玖璃の、なんなんだよ……」

胸の中へジワリと広がり始めた苦い後悔に、顔を歪めずにはいられないのだった。

＊

結局雨野は二日目も班に馴染めないまま……どころか決定的な溝ができたままで、観光を終えてしまったようだった。ただ、俺が心配する程には本人が気にしてない様子でもあり……。不可解に思った俺が、旅館へと向かうバスの中でタイミングを見計らって隣へと座って理由を訊ねると、雨野はきょとんとしながら答えてきた。

「だって僕、あんまり後悔してないもの。昨日の乗り換え間違いとかと違ってさ。今日のあの場面を僕は『やっちゃったなぁ』とは思っても、『やり直したい』とは、全く思わないんだ。不思議と。……ああ、でもこれこそ、『やべぇヤツ』の考え方なのかな？」

そう苦笑いする雨野の顔を……俺はそれ以上、正面から見ていられなかった。

「ああっ、くそ、なんで俺は……」

苛立ち紛れに頭を乱暴に掻きむしる。と、いつの間にか俺達の男子部屋に遊びに来ていた女子達の空気が少しピリッとしてしまった。

「なんだよ祐ぅ、なかなかカノジョに会えなくて寂しいのかなぁ？」

茶化すように雅也がおどけてくる。こういう時、こいつの気安さは本当に有り難い。

俺は「うっせぇよ」と笑って応じると、よっこらせと座布団から立ち上がった。

「じゃ、風呂行ってくるわ、俺」

「うぃー、ごゆっくりー」

二日目の旅館は、昨日の銭湯みたいな簡素な大浴場と違い、天然温泉でこそないながらも大きな露天風呂があるらしい。バスタオルやらなにやら一式はあっちにあるというので、俺は浴衣に丹前を羽織り、スマホと財布だけ持って部屋を出た。

きしきしと鳴る板張りの廊下をゆっくりと歩く。今日の旅館はうちの学校で貸し切りらしく、そこかしこから生徒達のはしゃぐ声が聞こえてきた。……自身も修学旅行生の一人ながら、考え事がしたい時にこの喧噪はきつい。

俺は大浴場へと向かう最短ルートを外れ、テキトーに人の少ない方へと足を向けた。途中、ふと亜玖璃を呼び出して雑談の一つもしようかと考えたものの、昼間の後悔が尾を引いていて、あまり積極的に顔を合わせる気分にはなれなかった。

それでもあちらから誘いがきたら受けよう……なんて女々しいことを考えつつ、スマホを握りながら当てもなく廊下をうろつく——と。

「っと」「すいませんっ」

曲がり角を折れようとしたところで、期せずして人とぶつかりかけてしまった。人気がない場所だったので完全に油断していた。

俺は軽く頭を下げてその人物の脇を通り抜けようと……したところで、そのいやでも目につく特徴的なブロンドヘアに気がついた。

「天道？」

「あ、上原君でしたか」

ほっと気を吐く金髪美少女。俺は少しムッとして彼女に文句を言う。

「なんだその、咄嗟に謝って損したみたいなリアクションは」

「凄いですね。やはり上原君は女心を完全に理解しているようです」

「おう、任せとけ……じゃねえよ」

挨拶代わりのしょーもないやりとり。俺は自らの首筋を揉みながら「で？」と天道に話を促した。

「いつも各所に引っ張りだこの我が校のアイドル様が、なぜ、修学旅行中にこんな人気のない廊下をジメジメとうろついていらっしゃるんでしょうかね」

「いえいえ、それはこちらの台詞ですよ、八方美人で有名な上原君」

そのまま二人、しばしバチバチと視線をぶつけあい。そして――

『……はぁ』

――同時に、深く深くため息を吐いた。

そのまま廊下の隅に寄り、壁に背を預けて、俺達は情報交換を始める。

「で、どうですか天道氏、そちらの修学旅行は」

「ぼちぼちですよ。……悪い意味で。そちらはどうですか、上原氏」

「ぼちぼちですよ。……悪い意味で」

もう一度二人、ため息を吐く。天道が、頭痛を抑えるように指先を額に当てた。

「やはり互いに、恋人とクラスが違うのが大きいですね」

「だな。一緒にいられるタイミングがほぼねぇ。無理すれば捻出できないわけでもねぇんだけど……」

そこまで言って、班員達の顔を思い出す。……あいつらと一緒に楽しく過ごしている時に、恋人に会いたいから、なんて理由で場を抜けることが、俺にはどうしてもできなかった。

天道も似たり寄ったりだろう。

恋人に会うのが絶対無理、と言ったら嘘だ。だけど、堂々と会いづらいのは確かで。

天道がぽつりと呟く。

「……まったく、駄目ですね、私は。千秋さんは、すぐ動いたというのに……」

「星ノ守？」

なんの話か分からず首を傾げる。が、天道はそれ以上説明する気もないようだった。

彼女は廊下の天井を見上げると、独り言のように呟く。

「恋って、なんなんでしょうね……」

「おいおい、凄ぇメルヘンな台詞飛び出したな」

俺が苦笑いすると、天道が照れたように頬を赤らめて咳払いする。

「笑い事じゃなくてですよ。考えてもみて下さい。現状、私と雨野君のしていることって……一体、友達と何が違うというのですか」

「そりゃあ、お前……」

俺はその質問に、思わず頬を染めながら視線を逸らしつつ答える。

「き、キスとか、それ以上のことしたり……じゃねえの？」

俺の回答に、天道は俺以上に頬を真っ赤にして怒ってきた。

「なんて安易な発想ですか！　これだから軟派な男性は！」

「ええ!?　お前も以前、これと似たような心情を雨野に吐露してなかったっけ!?　ほら、関係性を前に進めるだのなんだのって……」

「そ、それはそれです！　それに雨野君と私は……実際まだ全然そういうことしてないですしね！」

「それ胸張って言うことかよ⁉」

「う、上原君はいいですよね、考え方が軽そうで！」

「馬鹿言うな天道！　俺だって……俺だって未だに恋人と何もねぇんだぞ⁉」

「…………」

「…………」

そこで、ぴたりと止む口げんか。俺達は二人、がっくりと肩を落として力なく言葉を交わし合う。

「やめようか天道……この不毛な傷つけ合い……」

「ですね……なんかすいませんでした……」

俺達って、二人で顔合わせると、毎回落ち込む結果に至っている気がする。なんなの。相性悪すぎないか、ここの会話。

天道は仕切り直すように「実際」と続けてくる。

「そういう直接的なことを抜きにしたら……恋人が恋人である証明なんて、どうしたらいいのでしょうね」

「どうだろう……。……いかに、長時間一緒にいるかとか、仲が良いかとか、気が合うか……とか？」

「……もし本当にその基準だとしたら、私、自信ないですよ……」

「う……」

天道に言われて、俺は思わず引きつる。確かに……星ノ守や亜玖璃といった雨野の身近な女性陣に比べて、天道がそれらの評価項目で上にいるとは到底思えない。いや、天道だけじゃない。俺だってそうだ。亜玖璃と今一番仲が良いのは……心が通っているのは、どう考えたって……。

俺が押し黙ってしまっていると、天道がおもむろにスマホを取り出す。何をするのかと見守っていると、彼女は画面をフリック操作しながら、意外なことを言い出した。

「……心春さんにも、訊いてみましょうか」

「はぁ？」

突然の謎人選に俺が驚いていると、天道は笑顔で答えてきた。

「あの子って、ある意味私達の誰よりパワフルじゃないですか。だから、こういう質問に、案外明確な答え持っているんじゃないかなと思うんです」

「なるほど、一理あるが……お前達って、そんなに仲良かったっけ？」

「仲良しというか……以前心春さんが私の不安を宥めてくれた一件で、私が、一方的に好意を抱いたんです。あれ以降、たまに、メッセージを交換させて貰うようになっていました。……ま、大概、彼女には割とぞんざいにあしらわれちゃうんですけどね」

「ぞんざいに？」

「はい……ほら、こんな感じで」

そう言って天道が苦笑しながらスマホの画面を見せてくれる。

そこには、二人の現在のメッセージログが表示されていた。

《自分：心春さん、恋って、なんだと思いますか？》

《星ノ守心春：なんですかその修学旅行テンション、マジうざいんですけど》

本当にぞんざいだった。いやまあ……正直コノハちゃんの気持ちもめっちゃ理解できるけど。天道の振る雑談って確かに意識高くてウザそうだ。今のこれがいい例である。

ただ、天道はそんなコノハちゃんのリアクションを気に入っているみたいでもあり。機嫌好さそうにクスクスと笑いながら、もう一度同じ質問を打ち込む。

《自分：真面目に、心春さんにとっての恋って、どういう定義でしょうか？》

これはウザい。なんだこいつ。絶対友達になりたくねぇわ。

俺は正直、これはもう返信こないんじゃねぇのかと思ったものの……意外にも、十秒程度でリアクションがきた。天道のスマホがブルッと震える。

俺が覗き込む中、天道がロック画面を解除する。そこにあった返信は……。

《星ノ守心春：性欲》

『おおう……』

すげぇド直球なヤツだった。俺も天道も動揺が隠せない。……こ、コノハちゃんって、こういうキャラなの？　天道があまりにウザすぎて、地が出てきてんのだろうか？

微妙な空気になる俺達。……正直気まずいにも程がある。俺は「じゃ、じゃあ……」と場を離れようと壁から背を離すも、その瞬間、天道のスマホが再び震えた。

きっとコノハちゃんが何かテキトーなフォローでも入れてきたのだろうと、俺も惰性ながらもう一度だけ天道のスマホを覗かせて貰う。

と、そこにあったのは……俺達の予想に反して、意外な程に真摯な続きの言葉だった。

《星ノ守心春：——と、最近までのあたしは割と本気で思ってましたけどね。でもそれだけじゃ説明がつかないことをこの前しでかしたので、ちょっと違うかもです》

その言葉に、俺達は一瞬目を見合わせ……それから、天道が再びリアクションを打ち込む。

《自分：じゃあ今の心春さんは、どう考えていらっしゃるのですか？》

天道がそう打って送信するも、それからしばらく、返信はこなかった。が、それでも俺はその場を離れられなかったし、天道もまた、ジッとスマホを見つめたままだった。

そうして……たっぷり一分は経過したろうか。天道のスマホが震えた。

少し緊張しながら確認した画面には……コノハちゃんの、彼女なりに、とても誠実に取り組んだのであろう、端的な回答が記されていた。

《星ノ守心春：理性どころか欲望をも軽々と飛び越える、馬鹿げた衝動、ですかね》

『………』

その回答に俺達は、思わず言葉を失う。……天道の心情は分からない。が、少なくとも俺に関して言えば……その言葉は……思わず画面からすぐに目を背けてしまうぐらいには、深く深く、胸に、突き刺さってきて。

「（だったら……だとしたらそれは……それを一番体現しているのは……）」

駄目だ、胸が痛くてどうしようもない。俺は天道に「じゃあ」とだけ告げると、彼女の返事も聞かずに足早にその場を立ち去る。

そうして、廊下を曲がる間際、ちらりと天道の姿を振り返ると……。

「…………」

彼女は未だ、スマホの画面をジッと見つめたまま。

まるで幽霊の如く、寂れた廊下に一人、ぽつんと立ちすくんでいた。

天道花憐

「……ふぅ……」

露天風呂の湯船に肩までつかると、ようやくほんの少しだけ落ち着きを取り戻せた。

上原君と別れてしばらくの間は一人で廊下に佇んでしまっていたものの、関西とはいえ流石に板張りの廊下は寒い。大浴場へと向かった私は、人目を忍ぶように露天風呂の隅までやってきた。

広大な湯船の端、岩場の陰にひっそりと隠れるようにして湯を愉しむ。と……。

「やっぱい！　思ってたより全然ひろーい！」

露天の入り口付近から他の女子の楽しそうな声が響いてきた。私は彼女達に見つからないよう、更に身を縮こまらせる。

髪の色や容姿で注目されるのに関してはもう諦めているとはいえ、流石に裸をジロジロ見られるのは恥ずかしい。

できるだけ気配を消そう、気配を消そうと努めていると、ふと、雨野君のことを思い出した。

「(そういえば……学校やクラスにはあまり居場所がないって言ってたな、彼……)」

正直、常に胸を張って堂々と生きてきた私には、彼の言葉がピンと来ていなかったのだけれど。

こうして改めて無防備な状態になってみると、彼の語る寄る辺ない気持ちが、ほんの少しだけ理解できる気がした。

「(自分に自信が持てない時の他人の目は、なるほど、とてもイヤなものね……)」

前髪の決まらない日に顔をジロジロ見られるようなものだ。それが、雨野君の場合は、学校生活の全てに対して、そうだったのかもしれない。

私から見て雨野君はとても魅力的な人物だけれど、雨野君が思う雨野君は、きっとそうじゃなかった。だからこそ彼は……。

と、そこまで考えたところで、私は思わず湯をぱしゃりと自らの顔に打ち付けた。

「(今の今まで、私、そんなこと考えたこともなかった……)」

思えば私はいつだって、自分のことばかりだった。雨野君の気持ちが知りたいと思う時も、それは、雨野君の自分に向ける気持ちが知りたい、ということでしかなくて。雨野君の悩みや苦悩に考えを巡らしたことなんて、殆どなくて。

「(だけどきっと、星ノ守さんや、亜玖璃さんは……)」

ふと、彼の弟さんに軽蔑の目を向けられた時のことを思い出す。兄を溺愛する彼が、なぜ私に低評価を下したのか。それが今は……少しだけ理解できてしまう気がした。

「……はぁ」

心がどんどん弱気になっていく。……前からそうだけど、雨野君が絡むと、私は、まるで私らしくない。自分の能力に誇りと自信を持つ堂々とした天道花憐、などでは、いられなくなる。彼の視線が、心の動きが、私への気持ちが、気になって、仕方ない。

「私は……」

心臓の前で手をぎゅうっと握り込む。心細くて仕方ない。コノハさんの言う恋の定義とはあまりに外れた心理。私は……私は……。

「っ?」

と、その瞬間、誰かがこちらにやってくる気配に気がついた。ぱしゃり、ぱしゃりと、湯を分けて歩いてくる人がいる。

私は目尻に浮かんだ涙を慌てて拭うと、心を落ち着け、いつもの「天道花憐」を作って、その人物が現れるのを待った。

そうして、数秒後。

「わっ」

こんな隅っこに人がいると思っていなかったのか、驚いた声をあげる彼女に。

私はにこりとビジネスライクに微笑みかける。

「ああ、すいません、驚かせてしまい——」

「……花憐さん？」

「え？」

不思議そうに声をかけられ、私は改めて彼女を観察する。ほんのりと上気した艶めかしい白い肌。小さなタオルでは隠し切れないほどにメリハリのある体つき。そして……整った顔立ちと、特徴的な髪質の——

「……千秋さん？」

私が驚きながら返すと、彼女は少し緊張した様子でこくこくと頷く。

「あ、はい、ですです。……あの……き……奇遇ですね。と、隣、いいですか？」

「え？　ええ、勿論、どうぞ」

言いながら少し横にずれる私。千秋さんはタオルを畳みながらそっと湯船に浸かると、目を細めながら「はふぅ」と実に気の抜けた声を上げた。……可愛い。

気持ちよさでぷるぷると小刻みに震えている小動物系女子に、私は質問する。

「それにしても、どうしてわざわざこんな端っこに……」

「……………訊きますか、それ。ぼっちの、自分に」

「……なんかごめんなさい」

「逆に逆に、花憐さんともあろう方がなぜにこんなところに？　自分、びっくりですよ。ダンジョン序盤の宝箱からラスボス出てきたみたいな意外性です」

「それは確かに驚くどころの騒ぎじゃないわね。普通にバグを疑うレベルよ」

「え、花憐さん、バグっているのですか？」

「貴女何気に失礼ですね。私は普通に、人の視線を逃れてここにきただけです」

「なるなる。美人さんは目立ちますもんねぇ」

私をうっとりと見つめながら、他人事のようにそんな感想を述べる彼女。……自分が相当同性から羨まれる体つきをしているの、分かってないのかしら。

「…………」

特にこれと言って話すことも見つからず、私はなんとなく夜空を見上げた。湯気の向こうに星が瞬いているが、綺麗、という程でもない。

（これだったらそう……星見広場に向かう階段の中腹で見たあの夜空の方が……）」

とそこまで考えたところで、あの時あったことを連想してハッとしてしまう。思わず隣を見ると、千秋さんもまた、ぼんやりと星空を見上げていた。

「（今こそ……あの時のことを、ちゃんと、確認する時よね……）」

そう思って彼女に質問しようと決意するものの、私の口はぱくぱくと虚しく動くだけで、声がまるで出ていなかった。

なんて弱い女なのだろう、私は。自分で自分が心底情けなくて、思わず俯いてしまう。

と——

「……あのあの、以前皆で《GOM》を遊んだ日の、夜のことなんですけどね」

——突然、千秋さんがまるで私の心を読んだかのように語り始めた。ハッとして顔をあげる。彼女はといえば、依然として星空を見上げたままだった。

「………………」

何かを躊躇うような、数秒間の沈黙。しかし彼女は……私とは違い、その瞳に強い決断の意志を滾らせると、こちらに向かって、照れくさそうな笑顔で、打ち明けてきた。

「自分、ケータに告白して、フラれたんですよ」

「……え？」

突然の暴露に、私は目を大きく見開き、言葉を失う。

彼女の言葉が意外で。そしてそれ以上に……彼女がなぜか、酷く、眩しくて。

千秋さんは次に、心底申し訳なさそうに手を合わせて謝罪してくる。

「ご、ごめんなさいです、花憐さん！　自分は……自分は、ケータが花憐さんと付き合っていることを分かっていて告白するという、最低のことをしたのです。ですから、その、自分のことは存分に軽蔑して詰ってやって下さい！　是非！」

「え、ええ？」

「ほら、いいんですよ花憐さん！　どうぞお気の済むまで泥棒猫呼ばわりして下さい！あ、いえ、でも結果的に盗めてないんで、泥棒猫は少し違いますよね。ええとじゃあ……そうですね……。…………。もう豚でいいです！　豚で！　ぶひぃ、ぶひぃ！」

「何を一人で始めているの貴女!?　いいですから、そういうのは！　やめて下さい！」

「で、でもでも、これでは自分の中で『贖罪』という名の竜が暴れ狂い……」

「またですか！　貴女の心、暴れ狂いすぎでしょう！　少しは耐えて下さい！」

「分かりました。……自分……舌を強く噛んで耐えます！　ぐぎぃ」

「やめなさい！」

「いひゃいれす、いひゃいれす、かれんしゃん。やめまひゅ、やめまひゅから」

本気で舌を噛みそうだった彼女のほっぺたをむにーと横に引っ張ることで、妙な行き過ぎた贖罪行動を阻止する私。

そうしてようやく互いに少し落ち着いたところで、今度は私の方から切り出した。

「しかし、そんなに後悔すると分かっているなら、どうして彼に告白など……」

私の質問に、チアキさんは頰をぽりぽりと搔く。

「あ、はは……ど、どうしてでしょうね。…………。あ、あれれ？　確かに。……あわわ、よく考えたら、全然良い展望ないじゃないですか、あの告白！　ケータに受け入れられても、それはそれで超泥沼じゃないですか！　怖い怖い！　なにしてるの自分！」

「今更⁉　だったらホントどうしてそんなことを……」

ほとほと呆れる私に、チアキさんは照れ臭そうに笑いながら、答えてくる。

「あはは……でもあの時の自分には、そういう後先の何もかもが、全然考えられなかったんですよね……。……ホント、馬鹿ですよねぇ、まったく」

「……あ……」

ふと、心春さんの恋の定義を思い出す。

〈理性どころか欲望をも軽々と飛び越える、馬鹿げた衝動〉

頭の中で、何度もリフレインするあの言葉。

黙り込んでしまった私に、千秋さんが続けてくる。

「とにかく、ずっとこのことを、花憐さんには打ち明けて、謝りたかったのです。……本当は、ケータと、二人で」

「……ああ。だから貴女達ずっと……」

ようやく合点がいった。二人が私に話そうとしていたのは、やはり、交際報告などではなかったのだ。上原君のいっていた通り、全ては私の独り相撲。けれど……。

「(どうしてだろう……勘違いが解けたのに、全然、素直に喜べない……)」

二人の間には何もなかったどころか、この二人は、私に対してこれ以上ないほど真摯だった。それが分かったというのに……胸の奥に未だ残っているこの不安は、モヤモヤは、一体、なんなのだろうか。

千秋さんが少し焦った様子で続けてくる。

「あのあの、ケータは本当に花憐さんに誠実だったんですよ？　だからこそ、自分と一緒に告白の件を報告したがってくれていて！　だからだからっ、あのあの、自分のことは軽蔑して嫌いになってくれて大丈夫なんですけど、ケータのことだけは……」

不安そうにそう懇願してくる千秋さんに、私はにこりと微笑み返す。

「大丈夫よ、千秋さん。雨野君のことは勿論だけど……貴女のことだって、こんなことで嫌いになったりするものですか」

「うぅ……なんとお優しい……！……お、お嬢ぉおおぐわぁぁぁああ！」

「だけど貴女の中のすぐ暴れ狂う感情に関してだけは、早急に対処して下さるかしら」

「す、すいません……」

恥ずかしそうに湯船へと口元を沈める千秋さん。その様子は本当に可愛らしく、私は思わず微笑んでしまう。

「でも……雨野君とそういう話になっていたのでしたら、どうして今、このタイミングで貴女が一人で打ち明けてきたのですか？」

素直に不思議に思ってそう訊ねると、チアキさんは湯船からゆっくりと浮上し、柔らかな笑みを私に向けてきた。

「折角の修学旅行を、ケータと花憐さんがぎくしゃくと過ごしちゃうのだけは、絶対ダメ

だと思ったのです。そんなことになるぐらいなら……それでケータが苦しむぐらいなら、
自分は……ケータとの約束なんて、いくらでも破りますよ」

そう告げる彼女の、あまりの強さに、眩さに。私は……遂に、悟ってしまう。

「（ああ、そうか……。これが……これが本当の……心春さんの言う……）」

だとしたら。……これが……これこそが本当に、人を想う、ということなのだとしたら。

私は……これからの私が、雨野君にしてあげられることは……。

「……はふぅ、それにしても温泉、温かくて気持ちいいですね……花憐さん」

考え込む私に、肩までしっかりつかり蕩けきった表情で千秋さんが語りかけてくる。

私は彼女の隣に寄りそうように一緒に肩までつかると。

ゆっくりと目を閉じつつ、今の素直な気持ちを、口にしたのだった。

「本当に。……とても温かくて……気持ちがいいものね、千秋さん」

雨野景太

「いやはや、まさか、まかれるとはね……」

右も左も分からない東京駅構内にぽつんと立ち尽くす、田舎の男子学生が一人。

……どうも、修学旅行三日目の僕です。

遂に班員達に「まかれた」男、雨野景太です。

「五人でトイレ行くって言い出してから、もう三十分ですよ……」

むしろ我ながらよくここまで素直に待っていたものだと思う。……鈍感なのだろうか。

改札前の柱へと背を預けながら、僕は一人深くため息をつく。

「順調に地獄の深淵へと近づいている気配がするなぁ……」

この分だと、修学旅行四日目にはどうなることやら……想像するだに恐ろしい。

「ま、いいんだけどね」

仕切り直すように呟き、意識を切り替える僕。

実際問題、僕は「まかれた」ことに関してはそれほどダメージを受けていなかった。

元々ぼっちなので単独行動には何の抵抗もない。むしろ最悪なのは一緒に行動しながらずっと「ちくちく」やられることであり、そういう意味では完全にハブられたなら、それはそれでスッキリして良かったとさえ思えた。

「とはいえ、一人で東京に放り出されても、それはそれですることないんだけど」

仕方ないのでスマホで「東京」「観光」など検索してみるが、正直ピンと来ない。元々今日は一日班行動の日であり、本来なら僕らは東京タワーや上野、浅草などを巡る予定だった。が……こうなった今、彼らを追うのも正直シャクである。一人にされたならされたで、こっちはこっちで楽しんでやってこそだろう。

僕は少し考えると、メッセージアプリを立ち上げて、ゲーム同好会メンバーに声をかけてみた。

《自分：故あって単独行動になりましたことを、ここにお知らせ致します》

と、最初に誰より素早くリアクションしてきたのは、やはり亜玖璃さんだった。

《亜玖璃：うける》

「うけるな」

なんなんだこのギャルは、腹立たしい。僕の不幸を栄養にする悪魔か何かなのだろうか。

僕が憤慨していると、続いて、上原君からメッセージが届いた。

《上原祐：マジでダセェな鏑木。ビビリまくりじゃねぇか。でも雨野的には逆にスッキリして良かったんじゃね？　楽しめ楽しめ》

「流石上原君、亜玖璃さんの彼氏にはもったいない理解度だよ……」

ホントどうしてこんな聖人と悪魔が付き合っているのだろう。世の中不思議だ。……まあ他人のこと言えない格差カップルだけど、うちも。

そんなこと考えていると、次に、チアキから不思議な言葉が届く。

《星ノ守千秋：今東京駅ですか？　少しそのまま待ってて下さい、自分、頑張ってうまいこと調整してみます！》

「うまいこと調整？」

なんの話だろう。チアキ達の班に合流させてくれる、とかだろうか。確かにそれなら天道さんいるし、僕は嬉しいけど……でも他のメンバー分からないしなぁ。

不安に襲われながら、そわそわと待つこと三分。突然、スマホがブルブルと震えだした。一瞬何事かと警戒したものの、どうやら、通話の着信のようだった。……ぼっち歴が長すぎて、この着信画面見るのホントレアなものだから……。

「って、あれ、天道さん？」

画面を見ると、天道さんからの着信だった。戸惑いながらも通話に応じると、途端に、天道さんの張り切った声がスマホから流れてくる。

『雨野君、二人で東京デートしましょう、東京デート！』

「え」

その提案に、思わず胸がときめく。

当然僕は、それ以上の詳細を聞くこともなく、一も二もなく彼女の提案に飛びついた。

そうして、その結果――。

＊

「やってきましたっ、秋葉原ぁ！」

「ですよねー……」

東京デート、という単語から連想されるものの中では若干詐欺の側に近いんじゃないかという土地に、天道さんと二人、降り立った。

微妙にテンション低めの僕に、天道さんがキラキラした目で抗議してくる。

「どうしたんですか雨野君！　秋葉原ですよ秋葉原！　ゲーマーにとっての、ある種の聖地じゃないですか！」

「いやそりゃある種の聖地ではありますけど……このご時世、別にここでしか買えないゲームがあるわけでもないですし……」

そりゃ僕もオタクの端くれだから「秋葉原」という名前に意味もなくトキメク部分がないとは言わないのだけれど……じゃあ何かここにくる明確な目的があるのかと訊かれれば、正直、ないわけで。

しかし天道さんの場合、どうやら少し違うらしい。彼女は興奮気味に説明してくる。

「掘り出しもののレトロゲームが沢山あると思いますよ雨野君！」

「いや僕、別に懐古タイプでもないですし、普通に最新ゲームで手一杯というか……」

「田舎じゃ殆ど実物を見られない、関連グッズもたんまりですよ！」

「それは多少興味ありますけど……僕、あくまでゲーム本編が好きなんで……」

「あ、ほら、あそこ見て下さい雨野君！　ゲーマーズ本店ありますよ、ゲーマーズ本店！

なぜか妙に親近感を覚えますね！」

「それは確かに。不思議ですね」

「見て下さい雨野君！　メイドさんですよ！　可愛いですね、可愛いですね！」

「いえそこは貴女の方が遥かに可愛いですよ」

「ぐふっ」

突然天道さんが呻いて停止した。妙なテンションが終わったのはありがたいけれど、今度は顔を真っ赤にしてぷるぷる震えながら俯いたままになってしまったので、これはこれで困る。しかしまるで原因が分からない。どうしたのだろう。

仕方ないので、僕は駅前から秋葉原の街を見渡しながら、天道さんに改めて感謝の言葉を告げた。

「それにしても、ありがとうございました、天道さん。独りぼっちの僕に、わざわざ付き合って頂いて……」

その言葉に、天道さんは「あ、いえいえ」とようやく復帰しながら応じてくる。

「むしろ秋葉原に付き合って貰っているのは私のほうですし」

「でも天道さん、本当に班行動の方は……」

「ええ、問題ありません。元々それぞれ行きたいところが結構違っていて、遅かれ早かれどこかで別行動しようという話にはなっていましたから」

「そうなんですか」

僕はほっと胸をなで下ろすと、改めて天道さんと二人、秋葉原の街を歩きだした。

そうして散策してみると、なるほど確かに……秋葉原の街に妙にテンションが上がった。これだけ街全体がゲームや漫画に彩られている光景というのは、田舎ではまず絶対見られないものだ。何をするでなくとも、そこに居ることが既に楽しい。それは、充分に「観光」と言っていい行為だった。

僕と天道さんは、しばらくは二人、そんな気分を満喫すべくただ街をぷらぷらと見て過ごし。

そのうちフラリと入店してみたゲームショップで安売りワゴンコーナーを発見した僕らは、二人、目を輝かせて一生懸命物色し始めた。……いい加減、認めよう。なんだかんだ言っても、結局のところ僕も、ゲームソフトを前にしたらロマンチックさがどうこうなんて、どうでもよくなってしまう人種なのだと。

と、天道さんがスーファミソフトの一つを手に取りながら、ぽつりと切り出してくる。

「……本当は、こうして今日、雨野君と私が二人で行動できるようにと、誰より懸命に取りはからってくれたのは、千秋さんなんです」

「チアキが？」

僕がドリキャスソフトのパッケージ裏面を読みながら訊き返すと、天道さんはこくりと頷いて続けてきた。

「はい。彼女が班員の皆さんに早めの解散をこれでもかと主張してくれたため、こうして私は、雨野君の許にすぐ駆けつけられた部分があって……」

「へぇ……そうなんですか」

ソフトをワゴンに戻しながら、僕はチアキに深く感謝を捧げる。……まったく、あの海藻類は、ホント……。…………。

と、なぜか天道さんがそんな僕の横顔をジッと見つめていた。僕は一歩引いて頬を赤らめながら訊ねる。

「な、なんですか？」

「いえ、なんでも。……さて、雨野君、そろそろ出ましょうか」

「あ、はい、そうですね」

　天道さんに促され、僕らはショップから出ていく。二人とも一生懸命物色した割には何も買わなかった。冷やかしもいいところで店には申し訳なかったのだけれど、なんとなく、僕らには珍しいゲームを沢山見られただけで満足してしまう部分があるようだ。

　店を出る頃には、秋葉原の街に来てから約一時間が経過していた。そろそろ流石に他の場所に移動しようかな、と僕が考え始めたあたりで、天道さんがなにやらうずうずと少し興奮気味に提案してきた。

「雨野君、雨野君！　ゲームセンター寄りましょう、ゲームセンター！」

「ええ……」

　修学旅行中にゲームセンター、という、なんかしょっぱい不良みたいな行動パターンには、基本根が優等生気質な僕的に少し抵抗があったものの、しかし、可愛いカノジョさんにここまで目をキラキラとされては、もうどうしようもない。優等生の僕さようなら。

　僕は「少しだけですよ……」と折れると、駅に戻る途中で大型のゲーセンへと足を踏み入れた。……昼間から制服でゲーセンとか、補導されなきゃいいけど。

「って、あれ？　なんか妙に人多くないですか、このゲーセン」

「そうですか？」

全く気にしない様子でずんずんと奥へと進んで行くカノジョさん。僕はその後ろにつきながらも、きょろきょろと辺りの様子を窺う。行けば行くほど、どんどん増えて行く人の数。これはやはり普通ではないと感じ始めたその瞬間、僕の目に、壁に貼られたイベント告知のポスターが飛び込んできた。

「あ、やっぱり。ほら天道さん、なんか今、有名コスプレイヤーさんが新しいゲームの宣伝イベントとして複数来ているみたいですよ。…………って、あれ？　天道さん？」

気付けば、天道さんが居なかった。どうやら更に奥へと行ってしまったらしい。相変わらず、ゲームが相手となると目の色変わっちゃう人だ。……僕も人のこと言えないけど。

僕はやれやれと肩を竦めながらも、猪突猛進なカノジョさんを捜そうと前に――

「え、あ、いえ、ちょ、違います。違うんです、私は……」

「？」

――進みかけたところで、異変に気がついた。なにやら、前方から天道さんの困ったような声が聞こえてくると同時に、人混みの流れがうねり出す。

僕は悪い予感を覚えると、周囲に申し訳なく思いながらも少し強引に前に出させて貰った。そうして、ようやく辿り着いた先に見えてきた光景は――

「え……」

――並みいる超人気コスプレイヤーさん達を抑えての、天道花憐・撮影会風景だった。

天道さんが慌てた様子で手をわたわたと振る。

「で、ですから違うんですって、私は、あの、そういうんじゃないんです！」

……やばい、慌てる天道さん、可愛い。そしてそう思っているのは、僕だけじゃないわけで。会場全体がその魅力に呑まれている。

「(……ああ、そりゃそうだよな。真っ昼間から、高校の制服着た、現実味のない金髪美少女だもんな……)」

それがコスプレイヤーの集う会場に現れて、勘違いするなという方が無理だ。勝手に撮影を始めた人達を責める方が酷というものだろう。

とはいえ、天道さんが困っているのは、やはりいただけない。

と、見れば、ここぞとばかりにローアングルショットを狙う男性の姿が――

「花憐！」

――僕は咄嗟に大きな声をあげると、ぐいぐい人をかき分け、天道さんの手を強引に引いた。

「なにやってんですかっ、まったく！　行きますよ、ほら！」

「え、あ、雨野君……」

「えっと皆さん、お騒がせしてすいませんでした。彼女はただの通りすがりです。紛らわしいことを致しまして、本当にご迷惑をおかけ致しました。それでは！」

そう頭を下げつつ、天道さんの手を強く引き、急いで場を離れる僕。

そうしてゲームセンターを出て、五十メートル程歩いたろうか。

「あ、雨野君、あの……あの……」

「なんですかっ」

おずおずと背後からかけられる言葉に、興奮冷めやらないまま応じる僕。

と、天道さんは、なにやらもじもじしながらも……ぽつりと、僕に、呟いてきた。

「あの……流石にまだ、沢山の人前でこれは、ちょっと、恥ずかしいかなと……」

「へ？」

言われた意味が分からず、振り向いて確認する。と……。

「あ……」

僕はいつの間にか……天道さんと、指をがっちり絡ませた恋人繋ぎをして、街中を堂々と歩いてしまっていた。

気付いた途端に僕はしゅぼっと顔を赤くすると、慌てて彼女から手を離して謝罪する。

「す、すいません天道さん！　あ、あわ、僕、なんでこんな強引なことして……」

「あ、いえ、違います、イヤとかじゃなくて、その……」

二人、顔を真っ赤にして俯いてしまう。周囲から「なんだこいつら」的視線を受けているのも分かるが、今はそれどころじゃなかった。

僕は後頭部を掻きながら、天道さんに頭を下げる。

「本当にすいません。……天道さんが困ってるのを見たら、僕……僕……その……」

深く深く反省しながら、僕は、天道さんに素直な気持ちを吐露する。

「後先とか、何も考えれなく、なっちゃって」

「え？」

「え？」

不思議なリアクションを受けて、僕もまた疑問符で返してしまう。天道さんはなぜか……僕の事を、潤んだ瞳で……そして同時にとても優しい表情で、見つめてくれていた。

「そうですか……貴方は……貴方も、そうなんですね」

「は、はい？」

ど、どういう意味だろう。とりあえず、怒られている感じではないけれども……。

僕が動揺していると、天道さんはすぅっと深く息を吸い。

そうして、どこか決意に満ちた表情で、続けてきた。

「私も……ちゃんと貴方の真摯なその気持ちに、報いないと、ですね」

「は、はぁ……」

や、やばい。話の流れが全然分からない。分からないのに、大事なこと言われているっぽいことだけは伝わってくるもんだから、僕のテンパリ具合が半端ない。

そんなわけで僕がカチコチになっていると、天道さんは……今度はカノジョの側から僕の手をふわりと握ってくると、そのまま手を引きつつ、今度は満面の笑みで告げてきたのだった。

「雨野君っ！　今日はとことんデートを楽しみましょう！　ね！」

「へ？」

……深い事情は何も分からない。けれど……きっと、こうして二人で過ごす幸せなひととき以上に大事なことなんて、ありはしないから。

「……はいっ、勿論です！　目一杯、楽しみましょう、天道さん！」

僕はそう元気よく彼女に応じると。

後から思えば、この修学旅行中最も幸福だった一日を、彼女と二人、満喫しつくしたのであった。

亜玖璃

修学旅行も遂に終盤戦の四日目の朝。

亜玖璃は班員の誰より早く起床すると、洗面所を独占し、気合いを入れて身支度を調えていた。

なにせ、今日こそが……このディスティニーランドで終日自由行動の今日こそが、亜玖璃にとっての修学旅行本番なのだから。

実際、この日までの亜玖璃の修学旅行に対する感想はといえば、ただ一言——「物足りない」以外の何ものでもなかった。

勿論、クラスの友達とわいわい旅行するのは、フツーに楽しい。観光して、食べて、夜更かしして、はしゃいで。

だけどそこに祐の……大好きな人の姿がない。たったそれだけのことを意識した瞬間に、全ての喜びが一気に色あせてしまう。

祐と一緒ならもっと美味しかった。祐と一緒なら、もっと楽しかった。

どうしたって常にそんな考えがつきまとってしまう。班員の皆には悪いのだけれど、こればっかりは自分でもどうしようもない。
よく恋は病と言うけれど、確かに、肉体的、精神的に日常生活へ害を及ぼしてくるこれは、病気以外の何ものでもない。症状を抑える方法は一つだけ。祐に直接会って、祐成分を目一杯補給すること。
……あ、いや、それ以外にも一つ、少しだけ紛らわせる方法が今はあるか。
亜玖璃は洗面台の脇に置いたスマホを手早く操作すると、戦友に向けてメッセージを送信した。
《自分：あまのっち、今日はちゃんと鼻毛手入れした？》
すると、あちらも既に起きていたらしく、即座に返信がくる。
《雨野景太：なにその僕がいつも鼻毛出してるみたいな扱い。やめて下さい》
《自分：あ、ごめん……気にしてた……よ、ね……？》
《雨野景太：え、ガチなんですか？　僕もしかして春先に貴女と知り合ってからこの方ずっと鼻毛出てたんですか!?》
《自分：大丈夫、ほんの二メートルだけだよ》
《雨野景太：もはや床にべったりじゃないですか！　なにその小説だったら叙述トリック級の衝撃事実！　僕の高校生活、ずっと鼻毛とともにあったんですか!?》

《自分：あの、あまのっちさ。亜玖璃まだ身支度してるから、鼻毛の話もういいかな？》
《雨野景太：まるで僕側が振った話題みたいに！　失礼しますっ！》
激しい憤りを表すスタンプを添えて最後のメッセージを送ってくるあまのっち。
亜玖璃はそれを見て思わずクスクスと笑うと、改めて、正面の鏡を覗き込む。
「さぁて……今日は気合い入れて頑張りますか！」
祐と会えるのが楽しみすぎるのか、鏡の中の亜玖璃は今、いつにないほど活力に満ち溢れていた。

「おーい、あまのっち、こっちこっち」

ディスティニーランド入り口を抜けてすぐの広場にて。人混みの中でもみくちゃにされるちびっこの姿を見つけた亜玖璃は、大きく手を振って彼を呼んだ。

すると、こちらに気付いた彼――あまのっちは、ぱぁっと表情を明るくして、タタタッと小走りで亜玖璃に寄ってきた。

「あ、アグリさん、おはようございます！」

早朝にあんなからかい方をした後だというのに、満面の笑みで息を切らせて亜玖璃の前に馳せ参じるあまのっち。

亜玖璃はそれに思わず笑ってしまいながら、彼の頭をぽんぽん叩いてやった。

「やーやー、あまのっちは、ホント、忠犬だなぁ」

「はい？　あ、もしかして寝癖ありました？」

と、なにを勘違いしたのか、一生懸命髪型を直し始めるあまのっち。……まったく。

亜玖璃はなんとなく彼の頭をわしゃわしゃと滅茶苦茶にしてやると、そのままスタスタと先を歩き出した。

「ほら、皆がくる前に《ラベアーズ》をさっさと買いに行くよ、あまのっち」

「ちょ、なんなんですか、もう！」

朝長時間かけてセットしたであろう……だからこそ妙にきっちりしすぎていて可愛げのなかった髪型を、完全に崩されて憤慨してくるあまのっち。

亜玖璃はぴゅーとテキトーな口笛を吹いてそれをスルーすると、入り口のすぐ近くにあったショップに入っていく。

涙目で髪を直しながらそれに続いたあまのっちが、店内を見渡して少し安心したように息を漏らした。

「あ、レジ全然行列してませんね、良かった」

「ま、値段とレア度の釣り合いが微妙なグッズだしね。でもだからこそ……」

「はい、天道さんへのいいプレゼントになりそうです！」

いつの間にか鞄から取り出したらしい財布を早速ぎゅうっと握りしめ、目をキラキラと輝かせる純情男子。……亜玖璃はなんとなく、ひょいっと彼の手から財布を抜き取ってやった。途端にこの世の終わりみたいな涙目リアクションをしてくるあまのっち。

「か、返せ、返してよジャイアン！」

「誰がジャイアンだ。ほら、手に持つならもっとしっかり持たないと」

ひょいと財布を返してやると、あまのっちは今度こそ大事そうに財布を確保しながら、拗ねたように亜玖璃を睨み付けてくる。

「この夢の国でそんな邪悪な発想するのは、どこかの乱暴ギャルぐらいですよ……」

「……えい」

「わぁ!?　え、今は結構しっかり握ってたのに！　なにその卓越したスリスキル！」

「さて、どーれどれ、あまのっちの財布の中身は、と……」

「や、やめてよぅ、ジャイアーン！」

涙目で亜玖璃に縋るあまのっち。…………ふーむ。

「（なんだろうね、これ。どうもあまのっちを見ていると、もの凄く意地悪したくなるんだよね。でも同時に、心から、誰より幸せになってほしいなとも、思ってるわけで）」

亜玖璃にとって、あまのっちは本当に不思議な存在だ。勿論異性としては祐の足下にも及ばないちんちくりんなのだけれど、ただの友達、かと言われると、それも明らかに違う気がする。

「………うーん、下僕？　召使い？　ペット？……あぁ、愛玩動物が近いかも……」

「わーん、なんかジャイアンがブツブツと不穏な呟きを漏らしているぅ！」

あまのっちの財布を弄びながら更に考える。

亜玖璃には残念ながら兄弟姉妹がいないけど、弟がいたらきっとこんな感じなのだとは思う。……まあいないから厳密には結局分からないんだけどさ。

そんなことを考えつつも店内を奥へと進み、亜玖璃達はようやく《限定版ラベアーズ》の置かれたコーナーへと辿り着いた。二体一組の高級感溢れるカップルベアが、各種色別に陳列されている。

あまのっちに財布を返しつつ、二人、じっくりと真剣にクマさん達を物色する。

「うーん……亜玖璃と祐っぽいのは……ピンクとブルーの組み合わせかなぁ……」

「いや黒と白一択でしょう。腹黒悪魔と聖人彼氏なんですから――」

あまのっちの腹に強めに肘を入れる。あまのっちは苦しそうに「これ、絶対夢の国に入っちゃいけない人や……なぜ結界が機能しない……」などとキモオタらしい呻きを漏らした後、なんとか体勢を立て直すと、自分達カップルの分の物色を始めた。

「天道さんと僕は、やっぱり、綺麗なブロンドを思わせるイエローと、男性側の定番カラーたるブルーで……」

「いや半分もいで、黄色一体でいいんじゃない？」

「悪魔だ。モノホンの悪魔が夢の国に侵入している！」

カタカタと震え出すあまのっち。……やばい、なんか亜玖璃今、めっちゃ楽しい。

亜玖璃とあまのっちはそのまましばらく互いの邪魔をしつつも商品を品定めする。

そうして結局最終的には、亜玖璃がピンクとグリーンのラベアーズ。あまのっちが、イエローとブルーのラベアーズを購入した。

手提げの袋の中に、値札の取られたラベアーズが直接入れられる。一応可愛くラッピングをすることもできたものの、ラベアーズは二体一組でいるそれを相手に直接手にとって貰ってこそだろうということで、亜玖璃もあまのっちも包装は断った。

その分手提げ袋を丁重に扱いながら、二人店を出る。

そうして、ゲーム同好会の面子で事前に打ち合わせしておいた待ち合わせ場所の広場に向かう道すがら。あまのっちが、訊ねてきた。

「アグリさん、どうして上原君側のクマさんをグリーンにしたんです？　ブルーじゃなくて良かったんですか？」

「まあね。だってほら、あまのっち、自分をブルーにしたじゃん」

「はい。定番ですし、雨野っていう名字から連想されるのはやっぱり青かなって」

「うん。で、あまのっちがブルーとなると、もう、亜玖璃的にブルーはキモいじゃん」

「急にナイフで切りつけてきたなこの人」

あまのっちがげっそりと肩を落とす。亜玖璃はカラカラ笑いながら続けた。

「ま、実際色かぶりもどうかと思うし、それに、祐は一般的なブルーより……もうちょっと、男らしい印象の色が似合うかなって。えへへー」

「はいはい、ごちそうさまです。確かに上原君には、僕みたいなモブ的なブルーより、大らかな自然を思わせるグリーンの方がお似合いですよ」

「だよねぇー」

手提げ袋からラベアーズを取り出し、ピンクとグリーンのクマさんが仲良さげにくっついているのを見て、でへへと頬が垂れる亜玖璃。クマさんの首元にあしらわれた鈴が、ちりり、と小さく音を立てて可愛らしく揺れている。

あまのっちもそれに倣って袋からラベアーズを取り出す。イエローとブルーのクマさんが幸せそうに寄り添う姿がそこにあった。

亜玖璃達は思わず足を止めると、互いのラベアーズを見て、感慨に耽ってしまう。

「バイト……大変だったねぇ、あまのっち」

「ええ……本当に」

例のコンビニのレジバイトは、お客さんのガラのとても悪い土地だったことも手伝って、想像以上に過酷だった。特にあまのっちなどは、夕方勤務を終える度にストレスで痩せてしまっていた程だ。

何事もほどほどにテキトーなノリでかわせる亜玖璃と違って、あまのっちはお客さんに頼まれれば明らかにバイトの範囲を超えて手助けし、またお客さんにクレームをつけられれば、それがいかに理不尽なものであっても、心底落ち込んでしまっていた。ホント、生きづらい性格の子である。

それでもあまのっちは天道さんに「愛情の証明」が少しでもできるならと、決してへこたれずにバイトを続け……そうして今日、ようやく、念願のラベアーズを手にしたわけで。

そう思ってみると、亜玖璃は、自分たちのカップルのラベアーズが大事なのは勿論だけど、あまのっちがラベアーズを手にする光景にもまた、ガラにもなく感動してしまった。

そしてどうやら、そんな気持ちを抱いたのは亜玖璃だけでもないらしい。あまのっちもまた亜玖璃のラベアーズを感慨深げに見つめると、少し照れくさそうに切り出してくる。

「えっと、その、これまで、色々ありがとうございまいした、アグリさん」

「あはは、なにそれあまのっち、これから死ぬの？」

まるでゲームのラスボスに向かうかのようなあまのっちのテンションに、亜玖璃は思わず笑ってしまう。けれど、その気持ちは、実際分からないでもなかった。

……待ち合わせ場所は、もうすぐそこだ。

亜玖璃は最後にあまのっちへ……戦友へエールを送るべく、自分のピンクのラベアーズの片手を軽くつまむと。

腹話術をするように自ら(みずか)の顔の前へとクマさんを持って行き、その手を、ひょいひょいと軽く動かしつつ裏声を出した。

『ではではっ、健闘(けんとう)を祈る(いの)ぞよっ、雨野隊員！』

「え、ラベアーズって、そんな口調のキャラなんですか？」

あまのっちは亜玖璃の腹話術に苦笑(くしょう)しながらも。自身もまた自らの青いラベアーズの片手をつまむと、自らの顔の前にラベアーズを持って来て、亜玖璃と同じようにエールを送ってくれる。

『ありがとうございますアグリ曹長(そうちょう)。曹長も、ご武運を！』

『うーむ！』

そうして二人、クマさんの横から顔を出し、クスクスと笑い合う。

胸の奥から、ぽわぽわと、温かい勇気が湧いてくる。あまのっちもそうだといいな。

亜玖璃達はラベアーズを手提げ袋に戻し、更にプレゼントだと恋人にバレないよう、自らの鞄に丁寧にしまう。

そうして——

「じゃ、行こっか、あまのっち」

「はい、アグリさん」

——いよいよ、決戦の舞台へと、その足を、踏み出したのであった。

上原祐

結論から言って、デスティニーランドでの一日は、これ以上ない程に楽しかった。

事前の約束通りゲーム同好会の五人でまとまって動いたため、当然ながら恋人同士でイチャイチという楽しみ方でこそなかったものの。

恋人を含む心底気心の知れた友人達と遊園地を回って、楽しくないはずがない。

特に今回は以前のシュピール王国でのダブルデートと違い、変な目的意識が先行し過ぎていなかったおかげで、各種アトラクションが素直に楽しめたのが大きかった。

絶叫系アトラクションでは「まるで子供だましですね」などと済ました表情で足をカタカタ震わせる天道の姿に苦笑し。

二人乗りのアトラクションでは、毎回ランダムに席決めをした結果、なぜかいつも俺と雨野のカップリングになり妙な笑いを誘ったり。

ゆったりと世界観を楽しむ乗り物では、まるで無垢な子供のように感動する雨野と星ノ守の姿にほっこりさせて貰った。

そうしてあっという間にやってきた夕方には、お待ちかねの、雨野と星ノ守によるアトラクションスコア対決があったのだが……。

これに関しては、雨野と星ノ守が、完全に同じスコアで——ゲーム同好会メンバー内最下位になるという、なんともしょっぱい結果を叩きだした。

俺や天道のみならず、普段ゲームをやらない亜玖璃にまで大差をつけられて負けてしまった二人の落ち込みようたるや、もう互いの決着などどうでもいい様子であり。彼らのドンヨリと肩を落とす姿に、俺達はやはり爆笑させて貰った。

また恋人同士だけで行動するようなタイミングこそなかったものの、逆にそれが功を奏したのか俺と亜玖璃も以前のように……いやそれ以上に親しく笑い合える場面が多かった。

そしてそんな機会が訪れる度、俺は俺は改めて思い知らされた。

やはり俺は、亜玖璃の笑顔こそが、一番好きなのだと。

それはきっと、雨野や天道にしても同じことだろう。

二人きりではなく、集団でいるからこそわかる、恋人の大切さ。愛おしさ。そんなものに溢れた一日だった。

とはいえ誰も表だってイチャイチャしたわけじゃない。少なくとも星ノ守が疎外感を覚えるような状況にまでは至っていなかったはずだが……どうだろう。とりあえず俺からは、星ノ守も心底楽しそうに今日という一日を過ごしていたようには見えた。

いや、それどころかむしろ星ノ守は以前に比べて、雨野や天道に対してこれまで以上に心を開いているようでさえあった。これは俺からしたら実に意外だった。口喧嘩ひとつとっても「気心の知れた者同士」だけが纏う空気が出ているというか。

俺の気のせいかとも思い、こっそり亜玖璃にも彼らの様子を見ての所感を訊ねてみたのだが、彼女も俺と同じ見解だった。が、俺にも亜玖璃にも結局理由はさっぱり分からない。というか、以前天道の抱いていた「二人が交際している疑惑」の顛末も、どうなったのだか。まあ……どうなったにせよ、当人達が楽しそうなのはいいことだ。だから俺も亜玖璃も、変にそこを追及するのはやめておいた。天道の手前もあるしな。

そんなわけで、ディスティニーランドでの一日はとにかく楽しく過ぎ去って行き。

そうして日が暮れ、パレード見物の場所取り合戦がにわかに過熱し始めた夕刻過ぎ。

俺達は、ようやくカップル毎に解散することになったのだった。

しかし……。


「星ノ守は本当に一人でいいのかよ？」

思わず星ノ守にそんな言葉を投げかけてしまう俺。

これまで緩みきっていた場の空気が、少しだけぴりっと引き締まる。周囲では沢山のカップルが楽しそうに薄闇の楽園を行き交っていた。

事前に取り決めてあったこととはいえ、やはりいざこの状況になるとどうしても俺達の星ノ守に対する罪悪感は湧いてくる。

皆が「なんだったらこのまま全員でも……」という空気に満たされる中、しかし星ノ守は、そんな生ぬるい意見をキッパリと切り捨てた。

「いえむしろ、カップル二組に挟まれてのパレード見物とか、勘弁して下さいです。自分にとっていじめもいいとこです、それ」

言われてみればそれもそうかもしれない。が、それでも迷う俺達に、星ノ守はくるりと背を向け、笑顔だけ振り返らせて告げてくる。

「ではではっ、自分はパレードにあまり興味ないので、このアトラクションが空いている機会に、興味あるのを乗りまくるので！　それじゃ！」

そう言って、有無を言わせない様子で走り去って行く星ノ守。……正直無理をしているのではないかと心配ではあったものの、とはいえ、彼女にここまでさせておいて、更に引き留める方がむしろ野暮だろう。

俺達は素直に彼女の厚意に甘えることにした。

……まあ実際……俺としては、亜玖璃と二人きりになってやりたいこと、話したいこともあったしな。恐らくは、天道もそうだろう。

「じゃあ、俺達もそろそろ……」

俺がそう促すと、雨野と天道が頷いてくる。

「うん。じゃあ上原君、また後でね」

「失礼します、上原君、亜玖璃さん」

きっちりした挨拶をする二人に、亜玖璃が笑って手を振る。

「楽しんでー」

彼女らしい気楽なエールに、天道が笑顔で「ええ、そちらも」と応じる。

　そうして二人の去り際……雨野が、亜玖璃ににこりと軽く微笑んだ。亜玖璃もまた、それにただ微笑んで応じる。……なんてことない、たったそれだけの、やりとり。以前のキス未遂に比べたら、衝撃的でもなんでもない、一場面だった。

　だけど。いや、だからこそ。

「(……そう、だよな……)」

　俺は、自分の中で、何かがストンと腑に落ちるのを感じた。

　雨野と天道が去って行くのを見送り、俺は亜玖璃に声をかける。

「じゃ、俺達も場所探しに行くか」

「おっけー。……あまのっち達と場所かぶったりして」

「そりゃ気まずいにも程があるな。……俺達だと、妙にありそうだけど」

「だよねぇ」

　二人で談笑しつつ、園内をぶらぶらと歩き出す。薄闇に包まれる園内の主要な通路には既に沢山のビニールシートが敷かれ、家族や恋人達が、パレードの時を今か今かと待っていた。

　そんな光景を優しい眼差しで眺めながら、亜玖璃がぽつりと呟く。

「なんか……いいよね、こういう時間。昼間の活気ある、楽しい幸せとはまた違って、なんか……じんわりくる幸せっていうかさ」

　ほんのり頬を染め、胸の前で手を組んで呟く亜玖璃。………。

「……ぶはっ、なんだそれ、に、似合わねぇー」

　我がギャル系カノジョの妙にセンチメンタルな物言いに思わず吹き出してしまう俺。亜玖璃はぷくっと頬を膨らませて抗議してきた。

「な、なにさぁ！　亜玖璃だって、そういう気分の時は、あるんですー」

「ですかー」

「ですー」

　ああ、こうして彼女と無邪気な会話ができたのは、いつ以来だろう。

　俺達は互いにじゃれあいながら、園内をゆっくりと歩いて回る。正直……俺はパレードなんかもうどうでも良くて、ただ彼女と二人でこうしてのんびりと歩く、今、この時間こそが……たまらなく幸せで仕方なかった。

　が、亜玖璃はやはりパレードも楽しみらしい。なかなかいい場所が見つからず、少しむくれた様子で呟く。

「むむー……。完全に出遅れましたなぁ、これは……」

「だな。……こうなったらいっそのこと、できるだけ外れの方行くか。人混みのなかで窮屈にして見るよりか、遠くからまったり眺められる方がまだ良くね？」

「……………はぁ。そうだね。ま、祐の顔が見られれば亜玖璃はそれでいいしね」

「お前サラリとそういうこと言うのやめろよ。……どうしていいか分かんねぇわ」

頬が熱い。昔から亜玖璃は軽々しく好意を口にしまくるやつだけれど、全然意識してなかった頃と今とでは、俺側の「照れダメージ」が二桁以上違う。

「そ、そか。……えと……」

亜玖璃側も俺からそんなリアクションがくるとは思っていなかったのか、頬をぽりぽり掻いてもじもじと黙り込む。

俺達はそのまま二人、言葉少なに歩き続けた。……正直もうすっかり、パレードの場所取りがどうでもよくなってきてしまっている。結果俺達は、気がつけば昼間から人が殆どいなかった不人気アトラクションの前にまでやってきてしまっていた。

と、どこからか人のざわめく音が聞こえてきた。どうやら、パレードが始まったらしい。立ったままぼんやりと様子を窺う。遠目に、チカチカとした光の群れが微かに見えた。

「うーわ、ここ、全然見えないねぇ、パレード」

「だなぁ」

そんなやりとりは交わしつつも、俺も亜玖璃も、悔しさは殆どなかった。……二人でこうして並んで立っている。それだけで、もう、充分に、幸せだったから。

そのまま二人しばらく黙って過ごしたところで、亜玖璃が「あ、そうだ」と何やらこちらに背を向け、バッグをごそごそとやり始めた。……レジャーシートでも取り出すのだろうか？

「うんうん、今をおいてないよねぇ、これは。……きっとあまのっちも今頃……」

「…………」

亜玖璃はなにやらとても楽しそうだった。俺まで幸せな気持ちになってくる。

でも、だからこそ……。

俺が黙って見守っていると、亜玖璃は目的のものを取り出し……しかしなぜかそれを俺から隠すようにささっと後ろ手に持って、こちらに子供みたいな笑顔を向けてきた。

「へへぇ、たすく、たすくっ。亜玖璃、祐に話があるんだぁ」

俺はその笑顔に……胸を痛いほどに締め付けられつつ、どうにか、返す。

「……そうか。俺もだよ、亜玖璃」

「え、そうなの？　なになに？　えっと、じゃあじゃあ……祐の方から、どーぞ！」

にこっと満面の笑みでそう促してくる亜玖璃。

そんな亜玖璃を見て……俺は、自分の中で、彼女への愛おしい気持ちが溢れそうな程に高まるのを感じると。

「亜玖璃」

「ほへ？」

俺は彼女へと、ぐいっと一歩、体が触れる程に距離を詰めた。それは……恋人でありながら、今まで、踏み込んだことのない程に近い距離。

「た、たすく——」

戸惑う亜玖璃。しかし俺は、そんな亜玖璃を黙らせるように、身を屈めると——

「あ……」

彼女の——額へと、口づけを、したのだった。

天道花憐

「結局パレードから大分離れちゃいましたね」

「ですねぇ」

空いている方、空いている方へと歩を進めているうちに、私達二人は園内のすっかり寂れたエリアに足を踏みいれてしまっていた。しかもこの付近のアトラクションは閉園時間前に早々と締め切るタイプのものだったらしく、今やパレード目的の人は勿論、アトラクション目的の観客も、従業員さえも見当たらない。

「…………」

天下のディスティニーランド営業時間内とは思えない闇と静けさの中で、私達は顔を見合わせると……思わず、吹き出してしまった。

「ある意味、凄く私達らしいかもですね、雨野君」

「ですね。人気のない場所を見つけさせたら、僕の右に出るものはないですからね」

「なんの自慢ですかそれ」

雨野君と二人、クスクスと笑い合う。……もう二人とも、パレードが遠いことなど、どうでもよかった。ただただこの時間が……たまらなく、幸せすぎて。

遠くに微かなパレードの光を見ながら、二人、ゆったりとした時を過ごす。

と、雨野君が突然「そうだそうだ、危うく忘れるところだった」等と呟き、ワンショルダーのバッグを体の前面に持って来てごそごそやり出した。

「…………」

「？」

一瞬私をちらりと窺い、なぜか取り出すものを体で隠すようにして作業を続ける雨野君。私はその意味が分からなかったものの……まあ、見られまいとしているものを無理に見る趣味もないので、彼から視線を逸らす。

と、それから程なくして、彼が「お待たせしました」と声をかけてきた。改めて彼の方を見やると、雨野君は……何かを後ろ手に持っている様子で、にこにことしている。

「えっと、天道さん。僕、天道さんに大事な話がありまして……」

そう、もじもじと切り出してくる雨野君。

私はその姿に……胸をきゅうきゅうと強く締め付けられながらも。

かろうじて、笑顔で返した。

「私もです、雨野君。私も……貴方に大事な話が、あるんです」

「え、そうなんですか？　な、なんだろう。えっと、じゃあ……お、お先にどうぞ」

そわそわした様子で私に話を促してくる雨野君。……後ろ手に何を隠しているかは分からないけれど、彼はきっと早くその用事を済ませたいはずだ。その証拠に、視線や足下がまるで落ち着かない。本来なら、私に話を遮られたくないタイミングだったのだろう。

なのに、彼はこうして相変わらず……私に優先権を譲ってくれる。

「（雨野君は、いつだって、私に凄く優しいですよね……）」

ここしばらく、星ノ守さんと彼の話をかわしつづけた、こんな、駄目駄目(だめだめ)な私なのに。
彼といる時は何一つうまくやれてない、こんな、ぽんこつな私なのに。
それでも彼はいつだって、私を、私の気持ちを、最優先してくれて。
それは、きっと彼がただ気弱だからじゃない。彼が私のことを、心から想(おも)ってくれているからなのだろう。真摯(しんし)に。誠実に。きっと……私が想うよりも、ずっとずっと、強く。

「？　天道さん？」

心配するように私の瞳(ひとみ)を覗(のぞ)き込んでくる雨野君。今なら分かる。彼の私に対する言葉にも、行動にも……嘘(うそ)や不誠実さなんて、一つだってあった例(ため)しはない。彼はいつだって、少なくとも私に対しては、正面から向き合ってくれていた。なのに、こうして恋愛(れんあい)模様が妙(みょう)にこじれてしまったのは……偏(ひとえ)に、弱い私の不信感のせいでしかなくて。

「雨野君……」

私は一歩、雨野君へと距離を詰める。今にも体がくっつきそうな距離。今までの二人が、未体験の、距離。

「え、あの……」

戸惑う雨野君。私はその顔を、熱に浮(う)かされたように、ただ、ぽーっと見つめると。
最後に一言……彼への……いえ、誰(だれ)かへの……。

「ごめんね雨野君……それでも、これだけはどうしても、誰にも、譲りたく、ないから」

謝罪の言葉を、口にすると。

「へ、一体なんの……」

「関係性を――進めましょう」

戸惑う雨野君の顔へと、私は一気に、自ら（みずか）の顔を近づけていくと。

「っ！」

驚（おどろ）く彼の――――唇（くちびる）へと、自らの唇を、重ねたのだった。

星ノ守千秋

「え――」

目の前には――天道さんとケータの唇が、重なる光景がありました。

「…………」

それを……自分は、ただただ、呆然（ぼうぜん）と、少し遠くから、見つめていて。

「…………」

頭の中がぐちゃぐちゃで、何も考えられません。

二組のカップルとできるだけ鉢合わせないようにと逃げ込んだ、こんな誰も来ないような寂れたエリアに、どうしてあの二人がいるのか。

なぜ、今、このタイミングで、そんな大事な行為をするのか。

なぜ、自分という人間は、よりにもよってそんな場面にこそ出くわしてしまうのか。

そしてなぜ……なぜ……。

「……なん……で……自分は……」

もう、自分は、ケータの「友達」でしかないはずなのに。

それなのに。

自分の瞳からは、ぼろぼろと、とめどなく涙が、こぼれ落ちているのか。

「……う……」

二人のキスをこれ以上見まいと、自分はその光景に背を向けます。

それは、不快感からなのか、罪悪感からなのか。それとも——

それとも、自分の中で未だ育まれ続けていた大切な気持ちを、その小さな火種を、本当はまだ——絶やしたく、なかったからなのか。

自分はそのまま、二人から離れるように小走りで駆け出すと。

「……ケータ…………ケータ……！」

わけも分からずに彼の名を何度も呼びながら、希望に満ち溢れた夢の国の中を、できるだけ暗い方へと、ただただ走り続けたのでした。

雨野&亜玖璃

「…………」

自分が今、恋人に、何をされたのか。

それがすぐには理解できず、しばらくは、ただただ呆然とするしかなかった。

しかし……数秒後、ようやくその事実が、実感を伴ってくると。

途端に、爆発的に、幸福が、安堵が、勇気が——体の奥から沸き上がってくるのを感じた。

「(嬉しい、幸せ、恥ずかしい、でも幸せ、幸せ、幸せ、だから、ああ、早く、早く、こちらの気持ちを……！　だって今こそ……今こそ絶好の——！)」

頬が真っ赤に染まり、脈拍が高くなる。

二体一組のクマ、ラベアーズを握った後ろ手が、じっとりと汗ばんでくる。

今だ、今だ、今しかない。

愛している。大好き。大好き。大好き！　だからどうぞ安心してください！

そんな気持ちを、今こそ、こちらから彼に、彼女に……！

「あ、あの！　ここ、こちらも、わ、わわわ、渡したいものが……！」

高揚しすぎて呂律が回らない。だけどそれは、なんとも幸せな高揚だった。

恋人が、これまで見た事もない優しい瞳で自分を見つめてくれている。

それがただただ嬉しくて。そしてだからこそ、こちらからも、この溢れる気持ちを返してあげたくて。見せて、あげたくて。証明、したくて。

大好きな人に、ただ、喜んで、欲しくて。ただ、安心して、欲しくて。

だから、僕は、亜玖璃は、今こそ——と、溢れる気持ちでラベアーズを恋人の目の前に出そうとした、その時だった。

「雨野君」「亜玖璃」

恋人に、突然名前を呼ばれたのは。

「え、あ、はいっ」

顔を真っ赤にしながらも、ハッと顔を上げ、期待と興奮に満ちた瞳で恋人を見つめる。

すると彼は、彼女は、依然として、これまでで一番優しく……愛に満ちた表情のままで。

「私達」「俺達」

僕に、亜玖璃に。

その、決定的な言葉を——

——あまりに容赦なき無慈悲な宣告を、突きつけてきたのだった。

「別れましょう」「別れよう」

「────え？」

……後ろ手に持ったラベアーズの鈴(すず)が、ちりんと、楽園の冷たい風に揺(ゆ)れていた。

あとがき

どうも、あとがきが二ページであることを怒られそうでびくびくしている作者です。

……私はいつから、あとがきが少ないことにも怯える体質になったの？　いじめの末期じゃん、これもう。ちょっかい出されないと、それはそれで不安になるアレじゃん。

実を言うと今回、成分完全無調整でやったら、あとがき十六ページとかになるところでございました。……いや、馬鹿かと。神様はマジでどういうつもりかと。ここで十六ページ書くのは、ネタ的にはそりゃ美味しいかもですけど、本の値段を上げてまですることでは絶対ないわけで！　最終巻とかならいざ知らず！

おかげで、前回のあとがきの舌の根も乾かぬうちに、成分調整入りましたよ。ブランド崩壊ですよ。……神様、新手のいやがらせ手法にも程があるわ……。

さて、紙幅も尽きそうなので早速ですが謝辞を。

今巻も美しいイラストで彩って下さりました仙人掌さん。いつもありがとうございます。

校内描写ばかりかと思えば突然外に出まくったりするムラのある作風で申し訳ありません

が、今後ともよろしくお願い致します。

次に担当さん。今巻の原稿に対する最初の感想が「修学旅行描写、つらい」でしたが、私には貴方が何を仰っているのか全然分かりません。だって、普通みんな、ああですよ？　実際私がそうですもん。あそこからヒロインとのイチャコラを全部抜いたのが、一般的な修学旅行ですよ。少なくとも親愛なるうちの読者の皆さんはそうです。そのはずです。まったく。私の担当としてちゃんと常識を持って頂きたいものですね！

最後に、読者の皆様。今巻は「実に一般的な楽しい修学旅行」を描いた、特に波のない巻で申し訳ありませんでした。次巻からはまた学校でわちゃわちゃやると思うので、どうかご期待下さい！　大丈夫！　八巻もジャンルは相変わらずコメディ作品だよ！

というわけで、また次巻、お会い致しましょう！

葵　せきな

ゲーマーズ！7

ゲーマーズと口(くち)づけデッドエンド

平成29年３月20日　初版発行

著者――葵(あおい)せきな

発行者――三坂泰二

発　行――株式会社KADOKAWA
http://www.kadokawa.co.jp/
〒102-8177
東京都千代田区富士見2-13-3
0570-002-301（カスタマーサポート・ナビダイヤル）
受付時間 9：00～17：00（土日 祝日 年末年始を除く）

印刷所――旭印刷

製本所――本間製本

ISBN978-4-04-070971-0 C0193